*Fritz J. Raddatz*

# Ich habe dich anders gedacht

*Erzählung*



*Arche*

Umschlag: Max Bartholl
Satz: Greiner & Reichel, Köln
Druck und Bindung: Clausen & Bosse, Leck
Printed in Germany
ISBN 3-7160-2287-X

Ich bin die Eule. Auf der Fotografie hänge ich am äußersten rechten Rand, in verängstigter Aggressivität, wie im Genist der Gartenbäume: scharfe Nase, vogelrunde, zu weit auseinanderstehende Augen, die groß flappenden Ohren Seitenlider, schwarz strubbelndes Haar. Abseits. Die Aufnahme – im Chamois-Ton, der das Jerseykleid der Frau bräunlich-samtig erscheinen und ihre lange Kette aus Bernstein leuchten läßt – zeigt eine kastanienbraun gelockte Frau mit dem Milchteint der Rothaarigen; ein Lächelgesicht im Glück. Mutter.

Sie sitzt schräg auf der Treppe, die, rechts und links von einem zum Garten hin auseinanderbiegenden Mäuerchen umfangen, enger werdend zu den Verandatüren des Hauses führt. Die mannshohen, schmalen Fensterläden zu beiden Seiten der Terrassenfenster sind von Efeu und Kletterrosen überwuchert, und die bräunliche Farbe des Papierabzugs könnte glauben machen, man sähe das Blaulila und rostige Rosa der Hortensien, die über dem rundgebogenen Ende des Mäuerchens aufschäumen.

Neben der Mutter steht mein Bruder, ein staksiger, blondgescheitelter Fünfzehnjähriger, der mit der trotzigen Ungelenkheit dieses Alters elegant auszusehen versucht – ein Bein angewinkelt auf die nächsthöhere Treppenstufe gestellt und die rechte Hand aufs Knie gelegt; es sollte wohl lässig sein und wirkt nur gespreizt, zumal der karierte Kniestrumpf unter den Pfeffer-und-Salz-Knikkerbockern heruntergerutscht ist.

Ganz oben, auf der Terrasse vor dem Haus, kann man einen Schaukelstuhl aus Bambus erkennen, einen Strohhut und darunter die auseinandergefaltete Zeitung mit den steifen großen Buchstaben »Berliner Lokalanzeiger«, 3. August 1930, »Schwere kommunistische Ausschreitungen in Moabit«. Ich weiß, daß der Lesende rote Lederpantoffeln mit Troddeln trägt, immer sonntags nachmittags zur Teestunde, die für uns beide, für Hansi und mich, die Kakaostunde ist. »Onkel Sami«. Ich liebe ihn, den untersetzt-stämmigen Mann mit den enormen rötlichen Augenbrauenbüschen und dem merkwürdig lang über den Kragen fallenden Grauhaar, zum Abendessen eine Perle in der Krawatte und eine goldene Uhr mit Berlocken. Zum Abendessen sind wir selten hier.

Das Haus liebe ich noch mehr. Berlin-Wannsee: so weit. So hoch oben. So 1. Klasse. Zwei Jahre zuvor waren Hansi und ich, wir sollten eine ältliche Schwester des Vaters in der Nähe der Schneekoppe in Schlesien besuchen, im Zug ins falsche Abteil geraten, in die 1. Klasse, alles Samt und Mahagoni und blinkendes Messing, wir gehörten da nicht hin. Der Schaffner ermahnte uns mit herablassender Freundlichkeit, ein uniformierter Mathelehrer, der unter die falsch gelöste Aufgabe mit seiner Fahrkartenzange eine Fünf ins Heft lochte. »Ihr Stromer«, hatte er im Ton von »Nachsitzen« gesagt, wir mußten nicht nachsitzen, aber uns setzen, wohin wir gehörten.

Das Hortensienkissenhaus lag nicht an der Schneekoppe, es war einen Ausflug aufs Land entfernt von unserer Wohnung am Corso in Tempelhof. Da muß man die mächtige Bronzetür zu einem Treppenhaus mit Spiegeln und Marmor aufstemmen; es riecht leicht nach Bohnerwachs und dem Muff des dunkelgrünen Teppichs, der, in dicke Messingstangen eingeklemmt, die Hüpf-

schritte abpolstert, wenn man nicht auf den langsamen Fahrstuhl warten will, einen dämmrig beleuchteten Kasten mit Samtbank und Emailleschildern neben den Etagenknöpfen, an dem das einzig und immer wieder neu Vergnügliche die ächzend auf und zu scheppernden Scherengitter im Muster eines sich öffnenden oder schließenden Pfauenfächers sind.
Aus den Fenstern der Wohnung, hat man sich durch die Wolken von Gardinen und Vorhängen hindurchgewuselt, fällt der Blick auf die Putten der gegenüberliegenden Fassade, samstags vormittags auf einen Blumenstand und, wenn man sich in dem kleinen Erker zwischen zwei Palmen den Hals verrenkt, ganz schräg links auf die blaurote Leuchtschrift des »Corso«-Kinos.
Vom Dampfer aus blickt man auf den See: Segelboote aus dunklem Mahagoni, weiße Ausflugsschiffe, auf deren blau gestrichenen Holzbänken Leute ihre Stullen auspacken und die Reste den akrobatisch geschickten Möwen zuwerfen. Ich habe das Haus von Dr. Steinkraut »Dampfer« getauft, und die gesamte Familie Moesgaard hat den Kosenamen übernommen, mein Bruder Hansi zuerst, schließlich auch der wenig zu Spielerischem neigende Vater. »Fahrt ihr am Samstag

nachmittag zum Dampfer?« fragt er, wenn er nach dem Essen seine Akten im Arbeitszimmer aufbaut. »Ich hole euch dann rechtzeitig ab.«

Für mich ist der Dampfer ein begehbares Spielzeug, immer in Bewegung, nicht dumpf, sondern hell, heiter, ohne Schnörkel an den Zimmerdecken und ohne dunkle Parkettflure. Er hat ein Deck, das ist die Terrasse, er hat ein eigenes Meer, das ist der Garten, in dessen Himbeerhecken ich mir die Haut zerkratze und auf dessen akkurat geharkten roten Kieswegen ich mir beim heimlichen Üben mit Onkel Samis Fahrrad die Knie blutig schürfe. Ein Märchen, das lebt. Von den unmäßig genaschten Himbeeren, weißen Johannisbeeren und Brombeeren habe ich einmal Schande geerntet, Dünnschiß in der neuen Bleylehose; nur das Kölnisch Wasser aus der übergroßen Flasche 4711, mit dem die Mutter mich wieder und wieder abrieb, konnte mich neugierig versöhnen. Das schöne Fahrrad – ich bin vernarrt in das Spritzgeräusch der Kiessteinchen unter den Reifen – habe ich vor kurzem verbogen: Hinter dem Haus führt der Weg ein wenig abschüssig auf einen winzigen Schnatterteich zu, mit Enten und zwei Gänsen, und viel zu klein, um schon im Sattel zu sitzen, konnte ich den in Kopfhöhe ragenden Lenker mit den schwarzen Gummigriffen, hinter dem ich auf der Fahrradstange hing, nicht meistern. Statt eines Donnerwetters gab es von Onkel Sami nur ein »Du brauchst bald ein eigenes«.

Onkel Sami, sehnsüchtig witternd begehrt, ist der Kapitän des Dampfers. Das weiträumige Haus – mit hellen Couchs statt der dunkelbraunsamtgerippten Sofa-Särge und mit weiß bespannten Einbauschränken statt der Walnußungetüme in Tempelhof – und sein Kapitän Sami in seinen strohfarbenen Leinenjacken und obligaten Saffianpantoffeln sind meine Knabenliebe. Vater in seinen grauen und braunen Zweireihern, spiegelblank geputzten Schuhen und mit dem Pelzkragen auf dem Wintermantel aus schwarzem Tuch ist ängstigende Wirklichkeit ohne Bauch; er hat verschiedenfarbige Augen, das linke ist grün, das rechte dunkelbraun – welches lächelt, welches droht? Sein scharf geschnittener Schnurrbart tut mir weh, der strenge Geruch nach Franzbranntwein und Rasierwasser kribbelt mir in der Nase. Onkel Sami ist ein Fabelwesen mit Augen, die erzählen. Und er riecht nach Schokolade. Dr. Steinkraut ist Schokoladenfabrikant. Schokolade kenne ich nur als »Sarotti-Vollmilch«-Tafeln, einmal im Jahr als Weihnachtsmann in silbernem und rotem Stanniolpapier, und dann zugeteilt. Sogar Mutter, die nicht zu Strenge neigt, hatte mir die kleinen Täfelchen weggenommen, als vor zwei Jahren in den Sommerferien an der Ostsee ein kleines Doppeldeckerflugzeug sie abgeworfen und ich japsend vor Gier welche aus den Wellen gefischt hatte. »Schokolade ist ungesund«, heißt es am Corso. Schokoladenfabrikant? Macht Onkel Sami Schokolade? Wie macht man Schokolade? Es hat für mich etwas Hexenhaftes. An einem Nachmittag zog er die Schublade eines winzigen Tischchens mit kleinen Elfenbeingriffen auf – zwei davon standen je neben zwei Sesseln, sie hatten oben eingelassene, verchromte Aschenbecher mit aufmontierten Streichholzhaltern – und zeigte mir sein silbernes Zigarrenetui und einen länglichen Karton, in dem kleine Stanniolfläschchen lagen. Mit dem vertrauten »Verrat uns nicht«, mit dem er mir öfter Lakritzschnecken oder saure Drops in die Hosentaschen steckte, gab er mir eins der Fläschchen – es war Schokolade, und als ich es anbiß, schmeckte ich eine dicklich-scharfe Flüssigkeit. Mir wurde übel. Schokoladenfabrikant also?

Ich empfinde eine bitter ziehende, abstoßende Zärtlichkeit für Onkel Sami, so fremdnahsehnsuchtsvollängstlich berühre ich, nimmt er mich in den Arm, das Schildpatt seiner Brille, als glitten meine Fingerspitzen über die Nägel von Winnetous Silberbüchse, und sein »Na, mein kleiner Achim-Affe« klingt wie Old Shatterhands »Ben Rih« im Ohr des Rappen. Ich liebe ihn anders, als ich die Eltern liebe. Hansi liebe ich nicht. Die sieben Jahre Altersunterschied? Wir sind zu gleichungleich.

Mutter zieht mich vor. Mutter ist zwei Mütter. Mutter von Hansi, Mutter von mir. Am Corso ist sie Hausfrau. Auf dem Dampfer ist sie Dame. Andere Kleider trägt sie dort, hellere, kürzere, die weißen, wehenden Kleider der Persil-Dame vom U-Bahnhof Wittenbergplatz. Neulich schmückten sie sogar Ohrringe und ein großer Hut mit Blumen. Zu Hause ist sie ständig besorgt. In ihrer Stimme klickert stets ein kleines Räuspern. Wenn sie Vater etwas fragt, klingt sie wie ein verlegener Gast, der sich entschuldigt. Sie sind höflich miteinander. Zum Abendessen zieht die Mutter sich stets um. Kaum Schmuck. Sie prüft, ob das Fischbesteck außen liegt und der Suppenlöffel vor dem

für die Nachspeise. Jeder von uns hat einen Serviettenring mit Monogramm. Dem von Vater ist ein kleiner Stein eingefügt, ähnlich dem in seiner Krawattennadel. Die wird nur zum Abendessen angesteckt, meist geht Mutter kurz zuvor hinüber zu Vater ins Ankleidezimmer und zupft ihn zurecht. Ohne ihn zu berühren. »Laß, du bringst mein Haar in Unordnung«, höre ich sie manchmal sagen. Ob sie als Kinder auch gespielt haben? Hat Vater Burgen am Strand gebaut, hat Mutter aus Modder Kuchen gebacken?
Was Vater mit seinen Akten macht, weiß ich nicht. Als ich in der Schule nach dem »Beruf des Vaters« gefragt wurde, konnte ich nicht antworten. »Womit verdient er denn sein Geld«, hakte die Lehrerin, die ich mag, nach. Ich weiß aber nicht, was Geld ist, woher es kommt, wenn ich um ein Eis am Stiel bettle, wenn wir bei Salamander in der Belle-Alliance-Straße Sandalen kaufen oder Mutter ihre Hüte und Handschuhe in Geschäften mit hohen Spiegeln. Manchmal kommt ein soldatisch wirkender junger Mann, Rudi, und holt oder bringt etwas »aus der Kanzlei«. Da ist Vater am Tage, wenn sich »das Fräulein« um den Haushalt kümmert. Das Fräulein heißt Gitta Groschek, und wenn Vater »Groschek« ruft statt

»Gitta«, stimmt irgend etwas nicht. Bei mir stimmt sie immer. Sie läßt mich in der Küche mit einem Gummilöffel Schüsseln ausschlecken und kauft mir auf dem Markt eine Banane, ein paar Pflaumen oder einen Pfirsich. Auf dem Dampfer liegen, auf einem Lattenrost im Keller, jeder einzeln in Seidenpapier gewickelt, bestimmt Hunderte von Pfirsichen, daneben stehen irdene Töpfe mit Marmelade, »eigene Ernte«.
Überhaupt der Dampfer. Er ist ohne Ordnung, ich darf in alle Zimmer, darf auch zu den Pfirsichen, darf den Finger in die Himbeermarmelade stekken. Dort gibt es drei »Fräuleins« und, selten, Tante Mary; sie ist so klein, Hansi ist fast schon genauso groß, wie ein Junge sieht sie aus mit ihrem kurzen schwarzen Haar, manchmal trägt sie sogar Hosen zu bunten Pullovern, und nie habe ich bei ihr Schuhe mit so hohen Absätzen gesehen wie bei meiner Mutter. Ihr Gesicht ist einer der Seidenpapierpfirsiche mit diesen rosafarbenen Tönen, manchmal leicht lila die Haut und ganz schräge Augenschlitze: eine Chinesin – so habe ich die mal in einem Bilderbuch entdeckt –, zierlich, behend, immer in Wirbelbewegung, und wenn sie mit den kleinen Silbertabletts hantiert, denke ich, jeden Moment ertönt ein Gong.

Sie ist Onkel Samis Frau, aber krank. »Tante Mary ist lungenkrank, deswegen muß sie viel in der Schweiz sein«, hat mir Hansi erklärt, der gerne klug tut, und »sie ist Tänzerin«. Meine Frage, ob sie denn immer tanze zu Grammophonplatten, auch am Tage und nicht nur abends spät, wie zuweilen am Corso getanzt wird, wenn Gäste da sind, konnte Hansi mir nicht beantworten. Ich hocke gern in Tante Marys Zimmer, das angefüllt ist mit unheimlichen Utensilien, Masken, bemalten Figuren und Ketten aus Muscheln und bunten Vogelfedern. Dann schaue ich ihr zu, wie sie mit Wasser und Tusche malt; ein Bild mit lila Bergen hinter einem grünen See hängt am Corso in meinem Zimmer. Tante Mary raucht aus einer langen schwarzen Spitze mit Silbermundstück kleine, dünne, nach Parfüm riechende Zigaretten, und nur dieses eine Mal habe ich von Onkel Sami einen Klaps auf den Mund bekommen, als ich zu ihr gesagt habe: »Machst du das wegen deiner Lunge?« Tante Mary ist Ausländerin. Da ist das wohl alles so. Wenn sie auf dem Dampfer ist, kommt die Mutter nicht mit. »Hansi ist schon groß genug, ihr könnt mit der S-Bahn fahren«, heißt es dann.

Eine Herrlichkeit weniger, denn Mutter hat das schönste Auto der Welt: einen grünen Adler-Zweisitzer mit verchromten Speichenrädern, mit runterklappbarem Verdeck, und hinten, wo das Ersatzrad hängt, kann man eine Klappe mit zwei Sitzen aus rotem Leder aufmachen – da sitzen Hansi und ich, vor uns Mutters Kopf, unter einer weißen Lederkappe quillt ihr kastanienbraunes Haar hervor, wir sausen die Avus entlang. »Ich bin meschugge nach Autos«, habe ich einmal beim Abendessen gesagt, »ich kenne fast schon alle Marken« – und habe eine solche Ohrfeige vom Vater bekommen, daß mein Kopf in den Eierkuchen mit Blaubeeren flog. »Hier wird nicht meschugge gesagt.«
Andererseits ist S-Bahnfahren eine Herrlichkeit mehr; die kleinen Pappfahrkarten, die gelocht werden müssen, der Geruch nach Eisen, Öl und vielen Menschen, das von Station zu Station wiederholte »Eiiinsteigen und Zuuu-rückbleiben« des Mannes mit der Kelle, die in ihre Gummilitzen knallenden Türen mit dem Schnappen des Riegelschlosses, die Plakate mit dem Sarotti-Neger oder dem Sekt-trinkenden Herrn im Smoking mit weißem Schal: Es ist aufregender als der Weihnachtsmarkt mit Riesenrad.

Wir steigen S-Bahnhof Tempelhof ein, und schon das Umsteigen in Schöneberg, die genieteten Eisenträger, die an grüngelb gekachelten Wänden heruntergleitende Rolltreppe – ein großes Abenteuer. Gleich hinter dem Bahnhof Schöneberg fährt die S-Bahn fast durch einen Friedhof hindurch, dann passiert sie »Rathaus Steglitz«, dessen Zinnen und Türmchen herüberwinken; wir lachen über das Bahnsteigschild »Berlineckestraße« und später über den Stationsnamen »Sundgauerstraße« oder in Zehlendorf über die »Altvaterstraße«. Selbst Hansi weiß nicht, was Sundgau ist. Berlin riecht an jeder S-Bahnstation anders, hat einen immer anderen Himmel und franst von Halt zu Halt allmählich aus, erst Schrebergärten und Lauben entlang der Gleise, dann kleine Villen, dann blinkt rechts der Bahn der Schlachtensee hinter Kiefern. Wir wundern uns auch über »Nikolassee«, weil wir nur einen Nikolaus kennen, und Endstation Wannsee ist Ankunft in einem mit seiner Ferne und seinem Kiefernduft lockenden Ort. Wir atmen leise, als sei es verboten.

Ganz selten dürfen wir, Hansi und ich, wenn Mutter nicht dabei ist, auf dem Dampfer übernach-

ten. Das bedeutet Holunderbeersuppe mit Eierschnee oder Himbeerkaltschale mit kleinen Keksfischchen und diese blau-rot-grün geschliffenen Gläser, aus denen der Kapitän und die Ausländerin Wein trinken. Wunderbar finde ich, daß eines der Fräulein die Speisen aufträgt, den großen Fisch in einer Kasserolle »vorlegt«, wie das genannt wird, und daß sie eine grüne Sauce mit kleinen Krabben drin aus einer ovalen Silberschale schöpft; bei uns bleibt Gitta in der Küche, nur einmal im Jahr, zu Weihnachten, sitzt sie mit am Tisch. Die Krönung ist meist ein mächtiger Schokoladenpudding, so gestürzt, daß ich das Muster aus Sternen und Halbmonden kaum zerstören mag, über das die Vanillesauce rinnt.
Das Funkeln und Blitzen der Gläser habe ich noch in den Augen, wenn ich im Bett mit Hansi über »später« spreche. Er will Offizier werden, mit einem langen Säbel, ich schwanke zwischen S-Bahn-Schaffner mit Umhängetasche aus rotem Lackleder und Welteroberer; Tante Mary hatte mir Bücher mit Aufnahmen von der Wüste Gobi und vom Nil gezeigt. Kurz vorm Einschlafen, von unten klingen Musik und Wortfetzen herauf, knufft Hansi mir auf die Frage: »Ist das eine andere Sprache?« in die Rippen – »Schlaf jetzt,

dumme Eule, das ist Englisch, Tante Mary ist eben Ausländerin«.

Ich bin eine dumme Eule. Immer bin ich neugierig. Immer fehl am Platz. Immer ecke ich an. Immer höre ich »Träumst du?« oder »Wieso bist du anders?«. Immer werde ich wegen dieses schwarzen Wuschelkopfs gehänselt, das Haar läßt sich einfach nicht bändigen. Hansi hat so einen schönen Scheitel.
In der Schule hat man mich an das Pult neben Ralph gesetzt: »Ihr zwei seid die einzigen mit schwarzem Haar.« Als kurz vor der Versetzung in die 3. Klasse ein Radiergummi geklaut wurde, zeigten die anderen Ralph beim Klassenlehrer an – »Ralph ist katholisch«. Was ist katholisch? Wenig später nahm die Mutter mich zu einer komischen Parade mit.
In Tempelhof gibt es hinter zwei Parks ein großes graues Krankenhaus, Schwestern mit thronenden weißen Hauben auf dem Kopf und in langen grauen Kleidern. »Das sind Nonnen«, sagte meine Mutter, »da bist du geboren, ich war auch katholisch.« Bevor ich fragen konnte, kamen aus der Pforte des »St.-Elisabeth-Spitals« Männer in weißen und roten Kleidern, sie schwenkten kleine

Messinggefäße an langen Ketten und stießen Stäbe mit Klingeln dran in die Luft, in der Mitte schwankte über ihren Köpfen eine hochgehaltene große runde Glasscheibe. »Prozession nennt man das«, hörte ich, leicht betäubt von dem Parfümnebel, die Mutter, »heute ist Fronleichnam.« Mein Schwindelgefühl nahm zu – ich glaube nicht, was ich sehe –, ganz vorne lief Ralph in einem weißen Spitzenhemd mit roter Borte. Wenn er so was macht, klaut er eben auch Radiergummis. Was meint Mutter mit »Monstranz«, was für ein Wort, und was mit »Ich war auch katholisch, ich habe Vaters wegen ...«, und was meint sie mit »Elsaß«, »Theologie«, »Anwaltskanzlei«, was macht sie da für ein Zeichen mit dem Finger an Stirn und Brust, während sie murmelt: »Wenn du größer bist, erkläre ich ...«
Ralph hatte den Radiergummi nicht geklaut, sondern Peter, der Beste in Schönschreiben. Aber ich hatte wohl gemerkt, daß auch mich viele Klassenkameraden argwöhnisch angesehen hatten. Wenn einer mit schwarzem Haar katholisch ist, was ist dann mit dieser schwarz gelockten Eule?

»Katholisch« kann ich jetzt nachschlagen. Zur Versetzung in die 4. Klasse – nächstes Jahr soll ich aufs Gymnasium – hat Vater mir ein Lexikon, den *Großen Herder*, Volksausgabe, geschenkt. Ich weiß jetzt ungefähr, was katholisch ist. Aber ich weiß nicht, warum Ralph, der mir beim Rechnen hilft, von den anderen so gehaßt wird. Warum er immer der letzte ist, der beim Völkerball für eine Partei gewählt wird, und warum niemand mit ihm das Frühstücksbrot tauscht; Leberwurst gegen Teewurst.

Da ist noch ein neues Wort: »Jüdisch«. Auch das habe ich vorher noch nie gehört. Den Abend vor meinem zehnten Geburtstag und die Vorfreude darauf hatte Vater mir gründlich verdorben. »Groschek, etwas mehr Ruhe bitte«, rief er herrisch hinüber in den kleinen Raum neben dem Speisezimmer, wo Fräulein wohl den Geburtstagstisch vorbereitete. »Und du guck nicht so jüdisch-neugierig wie ein Spitzbube.« Die Mutter, noch nie hatte es das gegeben, stand vom Tisch auf, faltete nicht einmal die Serviette zusammen und ging aus dem Zimmer. Nur Hansi, inzwischen einen halben Kopf größer als Vater, fragte mit seiner mir neuerdings künstlich scheinenden Brummstimme: »Darf ich noch Tomatensalat?«

Noch am selben Abend las ich im *Großen Herder*: »Im Kulturleben (Literatur, Kunst, Theater, Kino,

Presse) stellen die J. eine unverhältnismäßig große Zahl von Vertretern. Hier machen sich bes. die ihrem Glauben entfremdeten J. schädigend bemerkbar. Ihre umstürzlerische, mehr noch ihre versteckt u. meist absichtlich zersetzende Schreibweise mit ihrer Verachtung des historisch Gewordenen u. der positiven christl. Weltanschauung bedeutet um so mehr eine Gefahr für unsere Gegenwartskultur, als diese ›liberalen‹ J. im vorwiegenden Besitz aller Werkzeuge der öffentl. Meinung sind u. sich gegenseitig geschickt propagieren.« Und: »Die J. gelten im wesentl. als ein Rassengemisch aus 2 Völkern: a) den Urbewohnern Kanaans, die zur vorderasiat. Rasse gehören u. den heutigen Armeniern nahestehen; Merkmale: hoher, stark gewölbter Kurzschädel, schmale, meist hakenförmige Nase, helle Hautfarbe. b) den eingewanderten Semitenstämmen, die zur oriental. Rasse gehören; Merkmale: schmaler Langschädel, schmale, etwas gekrümmte Nase, dunkle Hautfarbe.«
Was hat das mit mir zu tun? Hab ich einen Lang- oder Kurzschädel? Und was für eine Nase? Bin ich ein Rassengemisch?

Geburtstage und Weihnachten wurden immer am Corso gefeiert. Zu Silvester war die Familie meist bei Onkel Sami und Tante Mary auf dem Dampfer; »der Eisbrecher«, hatte Vater gesagt, als wir auf das erleuchtete Haus, im Schnee gestrandet, zufuhren. Auf die auseinanderschwindenden Mäuerchen waren elektrische Kerzen gesteckt, lange, funkelnde Ankerketten, und Onkel Sami lachte vergnügt, »Leinen los – Abschied vom alten Jahr«, bohrte den Zeigefinger in dicke, mit Zuckerguß überzogene Pfannkuchen, so daß das lila Pflaumenmus heraustroff und es aussah, als blute sein Finger. Mutter trug ein meergrünes bodenlanges Kleid aus dünner Wolle, dazu eine vierfach geschlungene Kette, in deren dunkelgelben Bernsteinkugeln Insekten flatterten. Beide Männer hatten an den Revers ihrer Smokingjakken kleine Stoffabzeichen. »Seht ihr, meine Herren Söhne« – ausnahmsweise war Vater vergnügt und zum Erzählen aufgelegt –, »das ist das Band, das uns verbindet: das EK I, das Samuel sich in den Ardennen und ich mir in Rußland verdient haben. Zum Schluß schaukelten wir noch durch die Lüfte in unseren kleinen, flotten Doppeldekkern, an Frankreichs Himmel, und da wurden wir beide abgeschossen, bei Straßburg. Ich und

Samuel waren Kriegsgefangene beim Franzmann, da begann unsere Freundschaft. Wenngleich ...« Onkel Sami unterbrach ihn, beide hatten »Kuller-Pfirsich« getrunken, Tante Marys Erfindung, die herrlichen Pfirsiche aus dem Keller waren geschlachtet, gezuckert und in Sekt eingelegt worden. Die beiden Frauen schlürften Punsch, ein scheußlich stinkendes Gebräu. Onkel Sami und Vater tatschten sich gegenseitig auf die Schultern, und Onkel Sami schien zu singen, doch er kicherte nur albern. »Ach was, kein Wenngleich jetzt – wir wollen Blei gießen und dann die Knallbonbons ziehen. Mal sehen, was sie weissagen.«

Mein Unheil beginnt. Ich habe alte Bleisoldaten von Hansi gemopst, er spielt ja längst nicht mehr damit. Rodeln wir beide nachmittags gemeinsam auf dem Kreuzberg, ganz nahe beim Corso, dann verschwindet er oft in der Dämmerung mit irgendwelchen Langhaarigen. »Bienen«, flüstert er mir bedeutsam zu; Rodeln und Spielen, das findet er langweilig. Ich krame die Bleisoldaten aus der Hosentasche und werfe sie in den großen Eisenlöffel über der blauen Gasflamme, um die wir in der Küche herumstehen. Tante Mary, ein dünnes

Vögelchen, begleitet mit kleinen Hüpfern die Musik aus dem Nebenzimmer, Mutter nestelt an dem Monokel, das Onkel Sami ständig aus dem linken Augenbrauenbusch springt, während Vater ihn unterhakt, doch die Glockenschläge aus dem Radio übertönen nicht Hansis Aufschrei: »Bist du verrückt, du blöde Eule – meine Bleisoldaten, fünf Offiziere, du Klauvogel, mein einziger Admiral dabei.« Ich habe heimlich einen dieser Pfirsiche gegessen, ich spüre nicht mal einen Angstschreck, auch nicht Freude über Onkel Samis Umarmung – »Na, wennschon, es ist Mitternacht, seht bloß, er hat eine Hakennase gegossen, einen riesigen Riecher, einen Zinken – kommt, eure Weihnachtsgeschenke warten. Die ersten langen Hosen für dich, Hänschen-Klein-nun-nicht-mehr-klein, was brauchst du Admiräle. Und ratet mal, meine Damen, welcher ist für welche?« Ich beobachte aus den Augenwinkeln, daß Tante Mary und Mutter sich irgendein Tier umhängen, ein weißes und ein blau-schwarz-grauhaariges, jedes Tier beißt sich mit der Schnauze in den Schwanz, dann sehe ich richtig, der Pfirsich hat keine Wirkung mehr über mich: ein Fahrrad! Mein innigster, mein heimlichster, sehnlichster Wunsch – ein richtiges Fahrrad mit Pumpe, Klin-

gel und schwarzen Gummihandgriffen am verchromten Lenker, ein Traumgefährt in glänzendem Schwarz mit leuchtendgelb strahlenden Zacken vorne, wo »Torpedo« dransteht.
Onkel Sami, der traurige Zauberer, der Nachweihnachtsmann, König Ruprecht ohne Sack und ohne Knüppel, der Bethlehem-Hirte, der Vater einer Familie mit zwei Frauen, zwei Männern und zwei Söhnen. Warum schaut er so traurig aus, als er mir »Gute Nacht im neuen Jahr« wünscht, »halt die Nase in den richtigen Wind überm Lenker, Äffchen«. Hansi ist glücklich, ihn versöhnten die langen Hosen mit Aufschlag. »Ich hab auch schon Haare«, zeigt er mir stolz, »aber dein Ding ist ja ganz krumm, du Admiralstöter – ich wollte immer einen Säbel, und du hast einen.«
*Ich fahre mit der roten Lacktasche umgehängt auf dem Fahrrad die S-Bahngleise entlang die Rolltreppen rauf und runter zum Corso und zurück klingle gellend bremse mit dem Rücktritt direkt in die Wüste Gobi hinein wo Mutter mich als weißwehende Persil-Prinzessin erwartet untergehakt vom Smokingkavalier mit dem Sektglas der sie zum kleinen Adler-Cabriolet geleitet es ist Onkel Sami in einem langen schwarzen Kleid und er hebt das Herder-Lexikon unter dem Augenbrauengebüsch*

*bimmeln statt der Augen kleine Kesselchen aus denen Wolken nach unten tropfen.*

Ich bin als erster wach und aufgestanden. Ich will zum Dank einen Schneemann bauen, auf der Terrasse, so daß er von innen gut zu sehen ist, aber als ich die Mohrrübe und einen Besen suche, finde ich im kleinen Frühstückszimmer die Mutter, alleine, sie streichelt den weißen Fuchs und trinkt Tee, sie wirkt fremd-verloren, wir übernachten ja eigentlich nie hier. Sie trägt den beigefarbenen Morgenmantel aus gehäkelter Wolle, der sie schmal, zerbrechlich erscheinen läßt, zum erstenmal entdecke ich an ihren Füßen die gleichen Saffianpantoffeln wie die von Onkel Sami.
»Weißt du, vielleicht ist das ein guter Augenblick«, sie spricht sehr verhalten, »ein neues Jahr bricht an, du wirst zehn Jahre alt, ich wollte dir ja was erzählen von Vater und mir. Das Elsaß ist bei Frankreich, da bin ich geboren, da sind die meisten Leute katholisch. Josef« – noch nie hatte sie mir gegenüber von Vater als Josef gesprochen – »stammt aus Holstein, das ist bei Dänemark, die Moesgaards sind eine alte, angesehene Familie dort, seit Generationen protestantische dänische Pastoren, auch er wollte Pastor werden, das ging

dann nicht, weil – nun, das ist eine andere Geschichte, später vielleicht einmal, er brach das Theologiestudium ab, das durfte er nicht mehr, wir heirateten, ich wurde evangelisch, nein, umgekehrt, egal, dann kauften wir von meiner Mitgift die Anwaltskanzlei, es reichte nicht, Rudi – Vater mag ihn ja – wurde Partner, das Geld kam von seinen Eltern, Motorradverkäufer, wir sind nun Rechtsanwalt, und Onkel Sami …«
Die Mutter wirkt aufgeregt, verwirrt, sie denkt wohl, ich sei noch zu dumm für all das. Was sie nicht sagt, interessiert mich viel mehr. Warum der Motorradverkäufersohn neuerdings in einer so schnieken Uniform auftaucht. Aber am meisten interessiert mich die Silvester-Verabredung zwischen Vater und Onkel Sami für den Sommer. Hiddensee. So ein schönes Wort.

Die Schule wurde Quälerei. Ralph war abgemeldet worden, seine Eltern waren nach Bayern gezogen, so weit weg wie Amerika. Die Kameraden bissen sich an mir fest, ich war »Achim-Banane« oder »Krumme Lanke«, weil ich beim Pimmelvergleich auf dem Klo mein zu langes, dünnes, nach rechts gebogenes Ding gezeigt hatte. »Dein Pimmel ist so krumm wie deine Nase, du schwar-

ze Banane.« Sie wollten mich nicht haben, sie hackten nach mir. »Achim ist forlaut«, stand auf einem Pappschild, das sie mir unbemerkt hinten an den Pullover geheftet hatten. Damit lief ich einen ganzen Vormittag herum und konnte mir das Feixen und das Gelächter nicht erklären. Es war wie in dem schnarrenden Film neulich im Erdkundeunterricht, da hackte eine Schar großer schwarzer Vögel auf einen weißen ein; schließlich war er tot. Ich bin der weiße Vogel, schwarz. Sie klappern mit den Pultdeckeln, wenn ich mich melde, schmieren Tinte in mein Diktatheft, einer fragt: »Darf ich mal austreten?«, wenn ich gerade ein Gedicht von Ludwig Uhland aufsage, und als ich »Nein, der Kilimandscharo« dazwischenrufe, weil der blöde Gerhard einen Berg in Afrika falsch benennt, schreit sein Pultnachbar: »Eine Spinne, da ist eine große Spinne.«
Ich werde ein Streber. Weil ich einer der Kleinsten bin, versuche ich, sie alle im Sportunterricht zu schlagen, ich halte auf dem Barren am längsten den Handstand, ich springe weit über die Zielgummimatte, ich klettere als Schnellster das dicke Tau mit dem Lederende hinauf, und ich sause so rasend-rasch runter, daß die Handinnenflächen bluten. »Klein, aber zäh«, heißt es immer-

hin. Zu Weihnachten habe ich lederne Turnschuhe mit Dornen vorne unter der Sohle bekommen. Spikes. Jetzt renne ich mit bunten, tanzenden Ringen vor den Augen über die schwarze Aschenbahn, und beim 100-Meter-Lauf sprinte ich pfeifend-japsend als erster durchs Ziel. Ich will dazugehören. Ich will einer von ihnen sein. Ich will der Beste sein. Ich will bewundert werden. Ich will nicht nur in Erdkunde und Schönschrift der erste sein. Ich will Klassenbuchführer werden, mit Pausenaufsicht. »Krumme Lanke« wird Rottenchef. »Klein, aber oho«, sollen sie sagen.

Bald erhalte ich die Kugelwerfer-Medaille und eine Schnelläufernadel, was Vater stolz macht, Mutter aber nur ein »Muß das sein?« abringt. Frauen verstehen nichts. Auch Frau Rehbein, die Lehrerin, die ich mag und die sich immer freut, wenn ich voller Inbrunst *Der Taucher* oder *Herr von Ribbeck auf Ribbeck im Havelland* aufsage, übergeht den Weitwerf-Primus jetzt immer öfter. »Vergiß über deinem Ball nicht die schönen Balladen«, meckert die dumme Person mich neulich an, »bald wirst du Latein und Englisch lernen, wenn du im Herbst aufs Gymnasium kommst.« Latein und Englisch interessieren mich nicht. Ich will siegen. Und Herbst ist irgendwann.

Erst ist Sommer. Die Reise nach Hiddensee. Tagelang wurde gepackt; Gitta half, sie wollte mitkommen. Auf der Liege im Schlafzimmer lagen, wie in einem Kaufhausfenster ausgestellt, Vaters Badehose aus blauer Wolle mit weißem Gummigürtel, Nivea-Dosen, mein Matrosenanzug, Hansis dicker weißer Reißverschlußpullover und Mutters hellgrünes Strandkleid mit passendem Badeanzug, dazu ein grün-weiß gestreifter Frottémantel mit Kapuze. »Wir haben drei Zimmer mit einem Bad auf der Etage in der Pension ›Stranddistel‹«, hatte Vater verkündet und kein Wort zu der eigenartig dünnen Bemerkung von Mutter fallenlassen, »Am liebsten würdest du wohl auch Rudi mitnehmen«; der tauchte – Hakken zusammenschlagend und mit ausgestreckt erhobenem rechtem Arm grüßend – inzwischen fast täglich auf. Solche Uniformen mit Schulterriemen und Koppelschloß waren in Tempelhof selten.

Das Schönste an der Reise war das Schiff. Noch nie hatte ich ein Schiff gesehen, gerochen, angefaßt, betreten. Der Geruch nach Salz, Rost, Fisch und Öl, die verkrusteten Seile, das unheimliche Schwingen dieser geriffelten Planke, über die man an Bord kletterte und die statt eines Geländers dicke braune Taue hatte, schließlich das von der Schiffsschraube ohrenbetäubend aufgequirlte Wasser mit grünlicher Gischt, in das hinein ich nach einer selbsterfundenen Melodie den *Taucher* sang – es war aufregender als der Raubtiergestank, die Blechmusik und der mehlige Dunst des Häckselbodens im Zirkus. »Wie kommst du denn jetzt auf Zirkus?« foppte Hansi mich. »Du hast ja komische Ideen. Das hier ist Seefahrt, mit dem Pott kannst du weit übers Meer fahren. Das ist etwas anderes als deine rechnenden Pudel und die Elefanten, die auf einem Hocker hockend ihre Riesenfüßchen heben. Ich gehe zur Marine.«
Mutter war seekrank geworden. Gitta flößte ihr Tee aus einem weißen Becher ein, den sie von einer roten Thermoskanne abschraubte. Vater ärgerte sich über den Wind, der sein Haar, die Krawatte zauste, das dunkelblaue Jackett mit den Messingknöpfen und sogar die weiße Flanellhose mit Wasser bespritzte, und Hansi hatte so lange

gequengelt, bis ein Mann mit goldenen Streifen am Jackenärmel ihm den Maschinenraum zeigte. Jetzt sang ich *Schöne blaue Donau* den krächzend zurückbleibenden Möwen hinterher, etwas anderes mit Wasser kannte ich nicht.

Die Insel schwankte. Wir waren ausgesetzt. Keiner von uns wußte, was er tun, wie man auf den kleinen Pferdewagen klettern sollte, für den das Gepäck zu groß und falsch schien. Mutters Hutkoffer aus schwarzem Lack fiel in einen Kuhfladen, sprang auf, und Gitta rannte den davonfliegenden Strohhüten hinterher, große, abgemähte Gänseblümchen, die auf eine Kuhherde zutanzten, von Vaters großer Ledertasche riß der Bügel ab, der längliche Reisekoffer wirkte mit seinen Holzbeschlägen wie ein Sarg, von dem der Kutscher rätselte, wie er ihn schultern, wie er ihn auf den Wagen laden sollte. Er tat es so ungelenk-behutsam, als könne jeden Moment eine Leiche herauskullern. Aufs Land fahren, das war bisher der Ausflug zum Dampfer gewesen, Plisseerock, Pumps, Nadelstreifenzweireiher, Knickerbocker, auf den roten ledernen Klappsitzen im Zweisitzer, mit Radiomusik.
Hier nun ein Pferd, ein maulfauler Bauer, ein Wägelchen aus Holzlatten, und ringsum wellte

Wiese. Gänse statt Bronzepfauen, Pfützen statt Parkett, ein wackliges Treppchen vor dem Gefährt statt Fahrstuhl und dieses bösartige Vieh, das mit dem Schwanz nach Fliegen schlug. Die Familie Moesgaard vom Corso aus Berlin-Tempelhof auf einer schwankenden Insel, Mutters dünne Absätze staken im nassen Gras, Vaters blankgewichste Schuhe glitschten in gelbgrüner Möwenscheiße, und mein ölverschmierter Matrosenanzug schien dem Schiff nachzutrauern. Hansis »Nischt als Gegend« erntete keinen Widerspruch.

Auf der weißen Holzveranda der Pension »Stranddistel« sitzen in Korbstühlen Onkel Sami und Tante Mary, er in einem gelben Leinenanzug, in das blaue Hemd ist ein gelb und blau gestreifter Seidenschal geschlungen, Tante Mary trägt zu ihren dunkelblauen Hosen weiße Sandalen, aus denen die lackierten Fußnägel hervoräugen, und einen weiten, schlackernden weißen Pullover. In Minuten verschenken sie gute Laune, eine irdene Schüssel mit Blaubeeren wird aus dem Gastzimmer geholt, Steingutbecher mit Milch, ein rundes Brot. Mit ihrem »Das ist das Salz und das Brot der Insel für die Neuankömmlinge« sind sie die Gastgeber; wie immer.

Die beiden Frauen wirken wie Freundinnen, die sich tuschelnd etwas über ihre Männer zu erzählen haben, sie gehen die Zimmer begutachten. Gitta soll beim Auspacken helfen. »Machst dich mal wieder beliebt«, giftet Hansi, als er mich hinter dem Haus auf die Wiese stürmen und wahllos Blumen zu einem dicken bunten Strauß pflücken sieht. Für wen und wozu, weiß ich nicht. Ich nehme sie mit, als es heißt: »Zum Willkommen wird bei Onkel Sami und Tante Mary im Hotel gegessen.« Überdreht von der Schiffsreise, will ich Mittelpunkt sein. »Weil ihr doch Weihnachten, ich meine Silvester, über die Hiddensee-Ferien gesprochen habt – darf ich für Onkel Sami ein Gedicht aufsagen? Ich kann es aber nicht ganz auswendig, meine Lehrerin hat es mir gegeben, sie weiß nicht, von wem es ist, ein unbekannter Dichter. Ich finde es noch schöner als dieses schwierige mit den ›Gipfeln ist Ruh‹! Darf ich es euch vorlesen?«
Ein kleiner Matrose mit schwarzen Locken, er stellt sich mitten hin in den Hotelspeisesaal, durch die bis zum Steinfußboden reichenden Fenster jagen Wolken, die auf den Wellen weit draußen balancieren, es sind nur wenige Gäste im Raum. Familie Steinkraut hat den runden Tisch

in der Mitte mit dem Strauß aus Mohn- und Kornblumen. Dem wichtigtuerischen Frechling ist jetzt leicht heulerisch zumute, er geniert sich wegen der schwarzen Ränder unter den Fingernägeln, als er das linierte Blatt Papier zu glätten versucht, und die Stimme rutscht ihm weg:

Ich weiß nicht, was soll es bedeuten,
Daß ich so traurig bin;
Ein Märchen aus uralten Zeiten,
Das kommt mir nicht aus dem Sinn.

Die Luft ist kühl und es dunkelt,
Und ruhig fließt der Rhein;
Der Gipfel des Berges funkelt
Im Abendsonnenschein.

Nun heult er doch fast, er muß den Rotz mit dem Handrücken abwischen, er stottert noch ein

Sie kämmt es mit goldenem Kamme
Und singt ein Lied dabei

Er läuft auf Onkel Sami zu, er verheddert sich im Tischtuch, er wirft die Vase um, er steht wie eingepinkelt in der Wasserlache zwischen den Scherben und den geköpften Blumen, er flüchtet aus seinem Trümmerfeld schluchzend zu dem Mann mit dem blau-gelb gestreiften Seidenschal, »Ich hab's verpatzt, Onkel Sami, es war für dich, und ich hab den zweiten Zettel verloren, und nun weiß ich nicht weiter«. Die bunten Ringe vor den Augen kreisen, er hat den 100-Meter-Lauf nicht geschafft. Hansis »Mensch, hast du am Wasser gebaut, und was soll denn das mit dem Rhein hier« kommt von weit her, er riecht Schokolade, die dicken Augenbrauenbürsten kitzeln ihn am Ohr, ganz bekommt er nicht mit, flüstert es Onkel Sami ihm nur zu oder sagt er laut zu allen: »Du hast eine gute Lehrerin, Äffchen, aber nicht gut genug. Das ist ein sehr bekannter Dichter, vielleicht der beste, den die Deutschen hatten. Nächsten Silvester kannst du es ganz, versprochen ist gehalten.«

Regen, Regen, Regen. Die Sommerfrische hat am Wasser gebaut. Die beiden Jungen kümmerte das nicht – zu neu war das alles, eine Wüste Gobi im Wasser, die kleinen weißen Häuser eine zusammengeduckte Schafherde, die Kühe fremdartiger als Löwen und Zebras bei »Sarrasani«, ein wenig bedrohlich. Blaubeeren konnte man pflücken, und Butter wurde aus Bottichen verkauft. Keine Straßen, keine Ampeln, keine Autos. Nur der Inselarzt hatte ein BMW-Motorrad. Von Rudis Eltern?

Am vierten Tag kommt die Sonne. Wir machen am Strand Quartier. Die Erwachsenen wollen gleich nachkommen. Auf dem weißen Sand zwei geflochtene Strandkörbe, lustige Wimpel knattern zwischen ihnen. Ich blase meinen blauweißen Gummiball auf, Hansi verknäult die Strippen von seinem Drachen. Zum erstenmal erlebe ich Onkel Sami verärgert. Er kommt in einem grau und braunrot gestreiften Bademantel, reißt an den Bindfäden der Wimpel, er merkt nicht, daß sich der Wind in seinem Bademantel verfängt und ihn entblößt, ich erblicke ihn nackt, sein Brustfell ist so dicht wie die Augenbrauen, ich schaue weg und hin und schäme mich, daß sein Schwengel aus dem dichten rötlichen Gewöll schaukelt. In der gestreiften Rüstung aus schlotternd-geblähtem Frotté ist er ein entblößter Recke aus meinem Bildband *Deutsche Ritter- und Heldensagen.* Die Bindfäden sind dünner Draht, er hat einen blutenden Daumen, und er zerrt und zieht, reißt all die roten Fähnchen ab, schmeißt sie in den Sand, zertritt darüber kalkknirschende

Muscheln. Onkel Sami keucht, ein leergeschöpfter alter Wotan, nackt-gestreift vor den beiden Strandkörben, ganz oben flattert noch halbabgerissen ein höhnischer Lappen, den er nicht besiegen konnte, und er sagt sehr still: »Wer hat diesen Mist da aufgehängt? Was das für Leute waren, die vor uns.«

Ich kenne diese Fahnen, aber größer. Mir gefallen sie. Bei uns am Corso wehen sie kaum. Aber ich fahre mit dem Torpedo-Rad von Onkel Sami schon seit einiger Zeit, den Klavierunterricht schwänzend, »in die Stadt«, wie man in Tempelhof sagt: nach Neukölln oder Schöneberg, manchmal bis Charlottenburg. »Da wohnt man nicht«, bestimmt Mutter, bleich abwehrend, im Ton der Rüge von »Gitta, Sie haben das Obstbesteck vergessen«. Da habe ich sie wohl zum erstenmal beim Lügen ertappt. Die Leute dort hätten kein Badezimmer, kein Fräulein und keine Heizung, sie ließen fremde Menschen bei sich wohnen, und viele seien krank, »So ähnlich wie Tante Mary, aber anders«. Kein Wort habe ich ihr geglaubt: Die Jungen bekämen keine Apfelsine mit für die Schulpause, die Mädchen trügen weder Faltenröcke noch weiße Kniestrümpfe, die Väter seien

schmutzig, und die Mütter – »na ja«. Mehr nicht. Mein Fahrrad überführte sie der Lüge.
Dort, wo man keine Badezimmer hat und keine Faltenröcke, waren die Straßen voll, viel mehr Menschen, keine Parkanlagen, kaum Autos. Aber diese Fahnen. Und Rudis Uniform. Oft zogen sie in großen Gruppen umher und sangen. Sie schienen mir alle freundlich zueinander zu sein, sie winkten mir zu. Wenn ich am Straßenrand neben meinem Fahrrad stand, wurde ich von einer warmen Welle überspült. Die sagten bestimmt nicht, »Der ist katholisch, er hat den Radiergummi geklaut«. Die sagten bestimmt nicht »Achim-Banane«. Die sagten bestimmt nicht »schwarz« und »klein« und »anders«. Die waren eine Familie, ganze Straßen eine Familie – aber nicht so ordentlich wie unsere, jeden Freitag Scholle und Kartoffelsalat, jeden Montag Eierkuchen, donnerstags, am Waschtag, Kohlrüben mit Schweinerippchen, sonntags Kalbsnierenbraten und für Vater Wein.
Unsere Ordnung war grämlich, eine scheppernde Genauigkeit unter der Hauptregel »Das tut man nicht«. Händewaschen vorm Essen und Servietten-Falten hinterher, bei Tisch nicht ungefragt sprechen und auf gar keinen Fall: »Darf ich noch etwas Rote Grütze?« Wir waren eine Zuteilungs-

familie – von Mutters kummervoller Zärtlichkeit bekam ich die größte Portion ab, von Vaters »Gar-nicht-so-schlecht«-Gebrumm bekam sie Hansi. Den Vater streicheln, gar das Haar zerstrubbeln, war unvorstellbar, noch undenkbarer, ohne Erlaubnis in Mutters Zimmer zu gehen. Schmusen gab es nicht, »Du bist doch bald ein Mann«, Klagen über eine ungerechte Zensur, über das Juckpulver im Hemd, hineingeschüttet von Pultnachbarn, oder über den schrecklichen Ablativ schon überhaupt nicht, »Sei kein Jammerlappen«.

Unser Leben am Corso verstrich mit der Regelmäßigkeit der vorrückenden Zeiger an der Standuhr in Vaters Arbeitszimmer, wo unter dem Hindenburg-Bild verblichene Fotos aus seiner Soldatenzeit in sechs akkurat gleichen dünnen Holzrahmen hingen und dessen Düsternis nur durch eine kleine Bronzefigur aufgelockert wurde; Gitta hatte sie mal beim Staubwischen *Der Dornauszieher* genannt. Sie erinnerte ein bißchen an Tante Mary. Vaters Krawatten – von Gitta morgens neben das Oberhemd gelegt – waren nach Wochentagen zugeteilt, die Schuhe mit den Holzblöcken eine Reihe abgehackter Füße. Nur auf Mutters Frisiertisch herrschte Unordnung: Elfenbeinkämme, Parfümzerstäuber aus lila und rotem

Kristall wie das Glas, aus dem Vater sonntags Wein trank, dazu passend an kleinen schwarzen Gummischläuchen lila und rosa Quasten, ein emailliertes Tusche-Etui zum Aufklappen, eine Art Bürste, aber mit Wildleder bezogen, mit der sie ihre Nägel polierte. An einer Fabelfigur, wie sie mir aus Tante Marys Zimmer vertraut war, hingen Ketten, Ringe, eine Brosche, zwei Uhren mit dünnen Armbändern aus Echsenleder und eine Berlocke. Es war das betäubend andere. Mutters Fronleichnam.

Nur Onkel Sami hat ein richtiges Zuhause. Es ist nicht Fronleichnam, und es ist nicht Kulturfilm aus dem Schnarrapparat. Onkel Sami trägt nicht diese roten Kleider, er schwenkt keine Kesselchen, er ist kein Korallenriff. Onkel Sami ist ein kleiner König in Saffianpantoffeln und mit Zigarrenzepter. Ich glaube fest, daß er sein Reich höchstpersönlich ausstaffiert hat, so hell, so leicht, so heiter: die nackte Bronzefrau, die eine beleuchtete Kugel hält, das Bild mit den roten Pferden, die silberne Saucenschüssel mit Schwanenhals. Ein Königreich aus weißer Schokolade.

Aber ich bin da ja nicht zu Hause. Ich wäre gern mit denen, wo man nicht wohnt, mitgelaufen, wenn die Kolonne so fröhlich sang: »Unsere Fahne flattert uns voran.« Das tat sie wirklich, vorne, wo manchmal eine Trommel geschlagen wurde. Im übrigen hatte ich wohl bemerkt, daß Vater auch so eine Fahne hat, eine ganz kleine, aus Emaille, als Abzeichen, das steckt er sich ins Knopfloch, wenn Rudi ihn abends abholt.

Onkel Sami hatte alle Fähnchen zerrissen, unter die Muscheln getreten.
Abends essen wir Jungs mit Gitta in der »Stranddistel«. Die Erwachsenen wollen im Nebenzimmer was besprechen. Streitfetzen wehen durch die Tür, König Samis »Ich dulde das nicht in meiner Nähe« und Mutters Strafstimme »Das sogar hier schon«. Sie machen uns dumm, zu dummen Kindern, die an den Klapperstorch glauben. Sie spüren nicht, daß ich wittere. Wir sind auch erwachsen. Hansi ist über achtzehn, ich werde zwölf. Hansi raucht heimlich, und ich kriege auch schon Haare da.
Abgereist. »Sie konnten nicht mehr bleiben.« Mehr wurde nicht gesagt.
Ich träume mir Onkel Sami. *Ich Achim König von Saffian gieße mir Sami die Bronzefrau mit Schwengel fähnchenumsichelt neben Mutters Pfirsich-*

*chinesengesicht unter dem Persil-Hut im grünen Adler-Kabrio saust über kalkkrachende Muscheln aus rotem Kies hinten kauert König Achim im Aufklappsitz schmilzt aus Blei einen Serviettenring mit Stein er wird zwei Eheringe an ihren Fingern ein Dampfer auf Rädern für nur uns drei als er untergegangen war ich naß.*

Das Jahr ging rasch zu Ende. Auf dem Gymnasium mußte ich eine neue Schrift lernen, deutsche Schreibschrift, Sütterlin. Ich baute mir auf dem Schulsportplatz mein einsames Nest aus Ehrgeiz, Geltungstrieb und Sieg. Der Sportlehrer – zu meiner Freude war er klein – hatte mich gelobt: »Leben lernen heißt siegen lernen.« Er duschte mit uns zusammen, was ich mir nicht mit dem »Westen-Willy« genannten Englischlehrer oder dem schielenden Mathepauker vorstellen konnte, denen ordnete sich die Klasse respektvoll unter, ich ängstlich und streberhaft.
»Jagdfuchs« – alle hatten neidisch seinen großen Pimmel betrachtet – war es, dem ich nacheifern wollte. Er wohnte nicht in unserer Gegend, kam aus einer baumlosen Neubausiedlung beim S-Bahnhof »General-Pape-Straße« mit dem Fahrrad zur Schule, oft sogar ohne Krawatte, mit offe-

nem Hemdkragen. »Menschenskinder, du bist ja 'ne Nummer«, hatte er gestaunt, als ich beim 100-Meter-Kraulen zwei Sechzehnjährige abgehängt hatte, »aus dir kann noch was werden. Ich nehm dich mal mit, wo man aus so was richtige Kerle macht.«

Nur Onkel Sami und Jagdfuchs nehmen mich ernst.

Onkel Sami ist weg. »Er wohnt nicht mehr auf dem Dampfer«, mehr erklärt Vater nicht. Seit Wochen bekomme ich strafende Blicke der Mutter und Verweise vom Vater – »Was du brauchst, ist Nachhilfeunterricht in Latein« –, weil ich keine Ruhe gebe. Im nächsten Jahr sollen in Berlin die Olympischen Spiele stattfinden, die besten Hammerwerfer, Brustschwimmer, 10 000-Meter-Läufer der Welt in Berlin: Neger, Japaner, Norweger, Frauen. Jagdfuchs schürt mein Feuer. Er hat aus drei Schulen eine »Sportstaffel« zusammengestellt, die er jeden Mittwochnachmittag auf einem Sportplatz in Schöneberg trainiert, sogar Boxhandschuhe verteilt er. Es dämmert oft schon, da zündet er in einer großen Schüssel mit abgestoßenen Emailleaugen viele Teelichter an: »So müßt ihr euch das bei der Olympiade vorstellen, ein Riesenfeuer wird entzündet, das leuchtet für unsere Idee.«
Idee ist für mich Körper, Schnelligkeit, Ausdauer,

Kampf. Ich bewundere den glatten, unbehaarten, muskulösen Körper des kleinen Mannes, er verdrängt den gemütlichen Teddy Onkel Sami aus meiner Sehnsucht. Wenn er sich unter der Dusche neben mich stellt, geniert es mich, ich behalte meine Badehose an. Jeder Körper – ob der dieses vielleicht Dreißigjährigen, ob der von Onkel Sami im vom Wind geblähten Frottémantel oder ob der von Gitta, die einmal mit verrutschtem Handtuch aus dem Bad gekommen war – stößt mich ab. Ein ziehender Ekel. Wärme suche ich, nicht Nähe. Leib ist Instrument. Im Lateinunterricht habe ich gelernt: *Mens sana in corpore sano*. Das Instrument soll funktionieren. Bei Frauen scheint das anders zu sein, ihr Körper ist ein Ding, das Frisuren braucht, Kleider aus brauner Wolle oder blauer Seide und diese dämlichen Schuhe mit den dünnen Absätzen. Ein Mann braucht gar nichts davon, auch keine Berührung, er ist einfach nur Körper. Der ist um so besser, je schneller er damit laufen, weiter springen, höher klettern kann.

Ich fasse mich selber nicht gerne an. Wenn ich wichse, halte ich die Augen geschlossen, ich benutze immer die linke Hand, meine nach rechts schief gebogene Rute reagiert darauf sofort. Ich mag es nicht, am liebsten hielte ich mir Nase und Ohren dabei zu; es ist widerlich wie pissen und scheißen. Es schießt aus meinem Körper heraus, gelblich-schleimig-heiß wie Rotz. Voller Abscheu spüle ich das Toilettenpapier hinunter oder wasche die Taschentücher aus. Als der braun-lila Knüppel von Jagdfuchs einmal bei seiner Abfahrt auf dem Fahrrad aus der zu kurzen Hose hing, verstand ich das schwitzige Getuschel der Kameraden nicht; ein peinliches Anhängsel, das meine Zuneigung verriet. Ich verzieh Jagdfuchs erst, als er mir zu Ende des Schuljahrs ein braunes Hemd mit Schulterklappen und einen schwarzledernen Schulterriemen schenkte, »Hose und Gürtel sollen dir deine Eltern kaufen, meinetwegen zu Weihnachten, aber du gehörst jetzt zu uns«. Es ist so wundervoll wie das Torpedo-Rad von Onkel Sami. Als Jagdfuchs noch hinzufügt, »Es ist eine Ehre«, finde ich das überflüssig, ich weiß das. Es ist mehr als eine Eins in Mathe. Es ist eine Auszeichnung. Es ist Streicheln.

Im vergangenen Jahr hatte ich als freiwillige Hausaufgabe statt einer Zeichnung von Afrika einen Aufsatz gewählt. Über das Rodeln auf dem Kreuzberg, die Schnee- und Eissplitter, die mir in

die Augen spritzten, wenn ich, bäuchlings auf dem Schlitten liegend, die vereiste Bahn hinuntersauste, über meine heiß brennende Haut in einer Schleuderkurve und meinen verbissenen Kampf, nicht umzukippen, sondern einem Geschoß gleich über den im Ziel aufgetürmten Schneewall hinwegzufliegen. Meine Verwunderung war größer als die der Lehrerin, als sie geurteilt hatte: »Nicht mal unbegabt.«
Dieses Mal schrieb ich: »Warum ich zur Hitlerjugend gehe.« Vater hatte mir die schwarze Cordhose, einen Gürtel mit Koppelschloß und, größtes Glück, ein Paar Bundschuhe, die rechts und links statt in der Mitte zu schnüren waren, geschenkt, gleich nachdem ich das Hemd gezeigt hatte und das mit einem dicken schwarzen Siegel verzierte Zeugnis von Jagdfuchs: »Überdurchschnittliche sportliche Leistungen.« »Warum denn bis Weihnachten warten, du machst dich ja, und aus den alten Hosen bist du sowieso rausgewachsen.« Manchmal konnte dieser strenge, lieblose Mann Anerkennung schenken. Bei dem Versuch, mir übers Haar zu streichen, duckte ich mich weg. Nur drei andere in der Klasse hatten so ein Hemd, einer die schwarze Hose, aber keiner die Glücksschuhe. Auch Erwachsene sah man nun am Corso

häufiger in dieser Uniform, manchmal hielten sie Passanten an, wollten mit ihrer rasselnden Hakenkreuz-Büchse Geld sammeln oder ihnen bedruckte Blätter in die Hand drücken. Zum »Mohren« konnte man nicht mehr gehen. Bei Herrn Mohr im Geschäft für »Colonialwaren & Delikatessen« hatte ich manchmal für Vater »Ein Viertel feine, dünn geschnittene Cervelatwurst« holen dürfen, »Bitte aufschreiben für Moesgaard«, wenn Gitta die Wurst vergessen hatte, die nur Vater zum Abendessen bekam, mit kleinen, scharfen Gürkchen, auch die nur für ihn.

Herr Mohr war nicht mehr da, der Apotheker an der Ecke übrigens auch nicht, der mir immer drei Hustenbonbons zugesteckt hatte; dort bediente jetzt eine dickliche, runde Frau mit Zöpfen, ein Kranz um ihren Kopf. Keine Hustenbonbons mehr, ich war wohl schon zu groß dafür.

Das mit dem Aufsatz wurde höchst unangenehm. Gedanken hatte ich mir gar keine gemacht, nur einfach aufgeschrieben, was für mich in diesem Jahr wichtig gewesen war – daß ich mit niemandem darüber sprechen kann, warum mein Lieblingsgedicht *Ich weiß nicht, was soll es bedeuten, daß ich so traurig bin* mir nicht mehr gefällt; daß ich vielmehr auf glühende Weise traurig bin,

wenn wir abends nach dem Mittwoch-Sport singen: »Als die goldne Abendsonne sandte ihren letzten Schein, zog ein Regiment von Hitler in ein kleines Städtchen ein«; daß mir dieses unbekannte Städtchen nun Heimat sei, als liege es gleich hinter dem Kreuzberg; daß ich da mehr zu Hause sei als am Corso; daß ich eine andere Sehnsucht habe nach Wärme bei denen, die ich bei meinen Radtouren marschieren sehe, weil sie mir freundlich zuwinken hinter der Trommel und unter der Fahne; daß ich diesen lateinischen Spruch auswendig weiß, weil ich auf der Aschenbahn und auf dem 3-Meter-Brett im Schwimmbad ein Glücksgefühl verspüre, ich habe tatsächlich das alberne Wort »Glücksgefühl« benutzt; und daß ich mich unbändig freue auf die Wanderung mit Rucksack und Lagerfeuer und Liedern, die der Sportlehrer für den Herbst versprochen hat, aber nur für die, die ein Abzeichen schaffen.
Es wurde scheußlich peinlich. Der Aufsatz wurde vom Klassenlehrer vorgelesen, seltsamerweise war Jagdfuchs dabei. In einem grauen Anzug mit gestreifter Krawatte. Ich sollte jetzt neben Sport auch in Deutsch eine Eins kriegen. Am nächsten Tag gab es eine Prügelei. Der Mathe-Beste behauptete, ich hätte beim Handball gemogelt und

den Ball vier- statt dreimal aufgetippt, das Tor werde nicht gezählt, meine Mannschaft habe verloren. Dietger war bisher auch der Beste in Deutsch gewesen.

Mutter freut sich nicht. »Den Anzug« – Anzug nennt sie meine Uniform! – »läßt du hier, wenn wir beide in den Herbstferien zu Onkel Sami nach Paris fahren.« Mein Verlangen nach Schokoladegeruch, nach Himbeerbüschen, nach Obstkaltschale war von dem Neuen erstickt worden. Ich bin nicht mehr das Äffchen, und das Fahrrad pfeift mir nicht mehr das sausende Prasseln des Kreuzbergs ins Ohr, sondern es dröhnt von Männergesang und Trommelschlag. Anfangs haben wir beide, Hansi und ich, andauernd nach Onkel Sami gefragt, nach dem Dampfer, ob Tante Mary noch immer krank sei. Das mit Paris hatte ich nicht verstanden, und daß der Dampfer verkauft sei, schon gar nicht. Es gibt andere Länder, das weiß ich aus dem Erdkundeunterricht – aber wo genau sind die? Und wie kann man anderswo als hier wohnen, in Deutschland, wie geht das überhaupt? Und ein Haus verkaufen? Verkaufen? Noch dazu meinen Dampfer? Kann man denn dann auch unsere Wohnung verkaufen oder das Adler-

Kabriolett oder meinen Rodelschlitten? Wer kauft das? Ich bohre und bohre, aber ernte immer nur diesen Erwachsenenstuß »Dafür bist du noch zu klein«. Wenn die mich beim 100-Meter-Lauf sähen, wenn die wüßten, daß ich jeden Abend in mein Taschentuch spritze, wenn die das Lied von der goldnen Abendsonne singen könnten. Als sei ich nicht schon vierzehn.

Dennoch freue ich mich auf Onkel Sami wie auf Weihnachten, nein, wie auf Silvester. Ich habe ihn kein bißchen vergessen. Ich will ihm etwas mitbringen, etwas nur von mir, etwas ganz Wichtiges. Ich schreibe den Aufsatz in meiner schönsten Schreibschrift in ein nagelneues liniertes Heft. Mutter sage ich nichts davon. Onkel Sami wird begeistert sein wie Jagdfuchs, wird bestimmt stolz auf mich sein wie der Klassenlehrer.

Das Aufregendste ist: Wir fliegen! Hansi erklärt, mit einer Ju 86, mit zwei Propellern, und man könne ganz Berlin von oben betrachten und den Rhein und den Eiffelturm. »Manchmal stürzen die Dinger auch ab. Und in Paris wohnen Neger.« Er ist bloß neidisch. In Paris wohnt Onkel Sami, und der ist kein Neger. Überhaupt sind Franzosen keine Neger. Aber mulmig ist mir in dem zu klein gewordenen Matrosenanzug, als ginge es wieder aufs Schiff nach Hiddensee. Die Mutter ist ganz verwandelt, aufgedonnert, noch nie hat soviel Schmuck an ihr geklimpert. Ohrringe und zwei dicke Goldketten übereinander und drei Ringe. Die beiden Armbänder mit den großen grünen Steinen sehen aus wie die, die Tante Mary zu Silvester trug. Ich schäme mich dieser Glitzer-Mutter. Ist so Paris?

Paris ist eine Enttäuschung. Am Flughafen keine Spur von Onkel Sami, ich hatte schon das Kitzeln am Ohr gespürt. Wir fahren mit einem nach kalter Asche stinkenden Taxi, vorne neben dem Fahrer liegt auf einem alten Kissen ein Hund. Mutter hatte ihr Goldzeugs, bestimmt wegen der Neger, im Flugzeug in die Handtasche gestopft, aus der sie jetzt ganz anderes Geld holt; sie spricht nicht Deutsch mit dem Fahrer, der anscheinend trotzdem nicht versteht, wohin wir wollen.
Wir fahren eine Ewigkeit, Straßen, Straßen, Straßen, sie sehen alle gleich aus, breiter als bei uns zu Hause, länger, die Häuser sind höher, mit Bäumen davor, über einen riesigen runden Platz voll hupender Autos mit einer Säule in der Mitte und halten schließlich vor einem grauen Haus. Es ähnelt dem am Corso, nur scheint dahinter ein Gar-

ten zu sein. Mutter hat mit dem fremden Geld bezahlt, der Taxifahrer hat die Zigarette nicht mal aus dem Mund genommen, sie klingelt, die Tür geht von allein auf, im Treppenhaus ist Dämmerlicht, und nun sehe ich; Hansi hat recht: Am Treppengeländer steht ein halbnackter Neger. Der hält eine elektrische Fackel, und daneben wird eine kleine Glastür geöffnet, eine bucklige Frau in einer grauen Kittelschürze fragt etwas. Wir sind bestimmt falsch. Wie selbstverständlich hatte ich mir ausgemalt, ich würde das gleiche Haus mit der gleichen Terrassentreppe vorfinden, mit Himbeerbüschen und dem abschüssigen Kiesweg zum kleinen Schnatterteich, alles eben nur »in Paris«. Und denselben Onkel Sami, im gestreiften Frottémantel vielleicht, und Tante Mary in weißen Sandalen mit ihren lackierten Fußnägeln.

Ein dünner, gebückter Mann mit dicken weißen Bürsten über den Augen stand am Fahrstuhl, der direkt in der Wohnung landete. Dieser Onkel Sami war nicht Onkel Sami. Der Mann umarmte Mutter, »Willkommen, Äffchen«, klang in mein Ohr, das er mit den weißen Bürsten kitzelte, ich bemerkte die Pantoffeln und unter seinem Arm hindurch das Bild mit den roten Pferden. Dieser

Onkel Sami war ein anderer. Er war jünger geworden und alt. Er bewegte sich schneller, ohne Teddy-Gemütlichkeit, hastig. Ein Kapitän ohne Dampfer. Ein verlegener Erwachsener? »Kommt rein«, rief er, aber wir waren doch schon drin, und »Gib mir den Mantel« und »Wo ist dein Gepäck?« und »Mary ist in der Schweiz«. Er roch nicht mehr nach Schokolade, ein bißchen nach Jagdfuchs vor dem Duschen.
Alles wirkt wie Reste. Wir sitzen auf demselben Sofa, das mir vertraut ist, aber davor stehen andere Sessel um einen anderen Tisch auf einem der kleinen Teppiche, von denen auf dem Dampfer so viele herumgelegen haben. Es gibt ein fremdes Fräulein, nicht drei, und sie bringt Tee, nicht Schokolade, mit ganz kleinen Liebesknochen. Ich entdecke eines der kleinen Tischchen, in dem er damals neben seinen Zigarren die gräßlichen Stanniolfläschchen versteckt hatte. Darauf steht die Fotografie. Wie ein abgerissenes Blatt. Der Dampfer ist zusammengefaltet worden, hineingestopft wie schmutzige Wäsche in einen abgeschabten Lederkoffer, dessen Risse von alten Hotelaufklebern zusammengehalten werden. Alles ist abgestorben, die Himbeerbüsche voll hart verschrumpelter Früchte im späten Herbst, der ge-

musterte Steinkorridor nasser Kies, am Ende nicht ein Ententeich, sondern ein mächtiger halbblinder Spiegel, auf den ich auf der Suche nach dem Klo in zu kurzen Ärmeln und flatternden alten Hosen zustakse. Die Wohnung ist ein einziges Einweckglas, in dem ich herumstochere, ohne den bitter-feuchten Geruch des Obstes, der Blumen, der Bäume wiederzufinden; nicht einmal den Geruch von Onkel Sami.

Ich bin froh: Mutter und ich bekommen ein gemeinsames Zimmer, hinter einer Art Stellage ist das Waschbecken. Kein Badezimmer für Gäste. Wir sind jetzt Stromer in der 2. Klasse. Merkwürdig spät wird gegessen, Mutter hat sich umgezogen, von dem Schmuck trägt sie nichts. Das große Zimmer ist endlich ein Stück vom Dampfer – vor Fenstern, so tief wie Türen, das Gaukelspiel von Geäst und kleinen Zweigen, dahinter Rasenflächen mit Blumenrabatten. »Immerhin, direkt am Parc Monceau, wenn du dich erinnerst« – Mutter war also schon mal hier? Auf dem Tisch die bunten Funkelgläser und eine Schale mit lila und gelborangen Dahlien. Ich bekomme eine Tomatensuppe mit irgend etwas Fischigem drin, »Das sind Krabben, und die heißen hier *crevettes*«, als Nach-

tisch eine große Apfelsine, die widerlich bitter schmeckt, *»pamplemousse«*, sagt das Fräulein.
Ich trete Onkel Samis Torpedo-Fahrrad, es hat keine Pedalen und kein Lenkrad. Aber ich will ihn doch lieben, ich will den Onkel Sami, der nicht Onkel Sami ist, streicheln, und ich weiß nicht, wie ich es anfangen soll. Mir fällt das Heft ein, der stolze Schulaufsatz. Ich laufe den nassen Steinkiesweg entlang auf den Spiegelsee zu, hole das blaue Heft mit dem in Sütterlin beschriebenen Etikett »Achim Moesgaard, Quarta«, stelle mich in die lang bauschenden weißen Gardinen vor den Bäumen und fange mit meiner schönsten Betonung an: »Warum ich in die Hitlerjugend eintrete.« Nicht eine Gabel, nicht ein Löffel klappert. Ich mache es also gut. Die Gläser bleiben unberührt. Nicht ein Wort, nicht ein Räuspern, nicht eine Handbewegung. Ich bin noch gar nicht fertig, probiere diese erhabene Handbewegung, die ich mir von Jagdfuchs abgeguckt habe, um die Wörter »Gefolgschaft« und »ehern« und »Garant« zu unterstreichen, da steht Onkel Sami auf, mittendrin, sagt mit der Hiddensee-Stimme, an die ich mich kaum noch erinnere: »Schluß. Es ist genug. Ich habe dich anders gedacht.« Er geht aus dem Zimmer.

Mutter zerbricht das Zahnputzglas, sie hat das Nachthemd verkehrt herum an, als sie zu mir ins Bett kriecht. Zittert sie? »Ich hätte dich nicht mitnehmen dürfen, ich wußte ja nichts von dieser Schularbeit, von diesem Unsinn« – sie spricht so rasch in meine wirre Wachheit. Sie hat tatsächlich »Unsinn« gesagt zu meinem Triumph, zu meiner Sehnsucht, dazuzugehören. Sie holt sich ein Glas Wasser, setzt sich barfuß auf den Rand meines Bettes. »Du bist jetzt kein Kind mehr, ich muß mit dir sprechen. Merkst du denn nicht, was bei uns vorgeht? Herr Mohr, der Apotheker, Onkel Sami, Tante Mary – daß Menschen ihre Heimat verlassen müssen, daß ihr sie mit euren Uniformen und Trommeln und Liedern weggetrieben habt? Man hat Onkel Sami gezwungen, sein Haus zu verkaufen. Man hat ihn belogen und betrogen und bestohlen. Bist du mit all deinen Liedern und Gedichten und deiner Uniform denn noch so ahnungslos dumm? Onkel Sami ist Jude.«

Onkel Sami ist Jagdfuchs Jude. Jude. Jüdisch. »Die J. gelten im wesentl. als ein Rassengemisch aus 2 Völkern: a) den Urbewohnern Kanaans, die zur vorderasiat. Rasse gehören u. den heutigen Armeniern nahestehen; Merkmale: hoher, stark gewölbter Kurzschädel, schmale, meist hakenförmige Nase, helle Hautfarbe. b) den eingewanderten Semitenstämmen, die zur oriental. Rasse gehören; Merkmale: schmaler Langschädel, schmale, etwas gekrümmte Nase, dunkle Hautfarbe.«

*Onkel Sami fährt mit dem Torpedo-Fahrrad die Lenkstange ist eine Trommel auf ihr liegen Cervelatwurstscheiben er singt »Unser Frottémantel flattert uns voran« neben dem Sattel baumelt das lila Riesending von Jagdfuchs unter der Fahne marschiert Tante Mary mit ihren rot lackierten Fußnägeln in weißen Sandalen neben ihr trägt Mutter die Fahne mit Tante Marys goldenen Armbändern sie stöckeln den langen nassen Kiessteinflur auf den blinden Spiegel zu ich lese im Matrosenanzug von dem blauweißen Gummiball den Aufsatz ab unterstreiche die Wörter »Gefolgschaft« »Jude« »Garant« »verkaufen« neben mir Vater mit der Emaillefahne im Knopfloch er zeigt auf einen winzigen Ralph seine Riesenfanfare aus Radiergummi schmettert das Lied »Als die goldne Abendsonne sandte ihren letzten Schein« Mutter steht neben mir ein schmächtig muskulöser nackter Mann sie sagt ich hätte dich Juden anders gedacht die Dusche riecht nach Kölnisch Wasser.*

Mutter hatte noch immer das Nachthemd verkehrt herum an, neben ihr das Fräulein mit einer Blechschüssel und einem Schwamm. Sie rieben mich mit Kölnisch Wasser ab, das schütteten sie auf den Schwamm, so wie es Mutter früher einmal heimlich auf dem Dampfer getan hatte, als ich von den vielen Himbeeren Durchfall hatte. Sie zog das Thermometer aus meinem Po, schüttelte es und murmelte, »Es geht runter«, was das Fräulein nicht verstand. Sie streifte mir eine viel zu große Schlafanzugjacke aus Flanell über und deckte mich zu. Ich wußte nicht, wie lange ich wohl geschlafen hatte, als wir alleine beim Frühstück saßen, ohne Onkel Sami.

»Trink deinen Kakao, wir fahren morgen nachmittag zurück, wenn du wieder ganz gesund bist. Das Fieber ist weg, aber die Stadt kann ich dir nicht mehr zeigen. Wir gehen gleich ein wenig im Park spazieren. Aber bitte versprich mir eines: Rede nicht über unseren Abend hier mit Vater oder in der Schule.«

Onkel Sami erschien, als die unausgepackten Koffer gepackt waren. Er wirkte wie zuvor, dünn und jung und alt, er war nicht böse, meine Kröte im Hals glitt weg, er sah an mir vorbei, als er mich ansah, kein Bürsten-Ohrenkitzeln, vielmehr packte er – was er noch nie getan hatte – mit beiden Händen meine Schultern wie die eines Erwachsenen, er drückte sie, dann nestelte er aus seiner Westentasche den schmalen goldenen Ring mit dem kleinen lila Stein, den ich oft, auf seinem Schoß sitzend, an seinem Finger gedreht hatte vor der Holundersuppe am Abend. »Du wirst einmal hineinwachsen. Jetzt wächst du in die falsche Richtung, Söhnchen-Äffchen. Vergiß den alten Onkel Sami nicht. Er hatte dich anders gedacht.«

Die Junkers schaukelt. Der Corso schaukelt auch. Die Schule, das Torpedo-Rad, der Barren und das Wasser unter dem 3-Meter-Brett. Ich habe kein Fieber mehr, aber die falsche Temperatur. Mein Versprechen halte ich. Mutter hält ihres nicht. Sie hatte beim Frühstückskakao in dem Pariser Dampfer-Zimmer noch hinzugefügt: »Ich werde dir vieles erklären.« Aber sie mauert, wie das in der Schule heißt, wenn einer einen geheimen Treff nicht verraten will, oder wenn Hansi nur »Bienen« sagt und sonst nichts. Keiner spricht mit mir. Den Ring habe ich versteckt. Und ganz tief verstecke ich Paris, hinter meinen Afrika-Büchern und hinter meinem traumlosen Gedächtnis. Ich benutze einen großen Radiergummi, Herr Mohr verschwindet, der Apotheker verschwindet, Vater verschwindet, Hansi sowieso, und Mutter wird blaß. Onkel Sami ist ein am Rande ausgefranstes Loch – wie es der Radiergummi in das Papier schabt, wenn es naß ist. Ich liege kühl und naß und verklebt unter einem lakengroßen Löschpapier, das saugt Erinnerung und Wärme und Sehnsucht auf, ein schwarzer Fleck aus Nichts. Ich denke mich anders.

Die Schule war Corso im Stundentakt, Routine, lernbar, aber ohne Ziel. Ich lief in meine Richtung, Glück holte ich mir von anderen. Je mehr es waren, desto größer war das Glück. Es ging im Gleichschritt, es glänzte in den Schäften der Stiefel, es gleißte im Feuer der Fackeln, es schwang im Klang der Fanfaren. Mein Herz schlug im Rhythmus der vielen. In ihnen verlor sich das Schwarz meines krausen Haars, in ihnen wuchs ich, sie waren meine schwarze Aschenbahn und mein weißes Zielband zum Sieg. Im streng gegliederten, chronisch gruppierten Aufmarsch der Tausenden von Hitlerjungen vor dem Reichssportfeld zum Auftakt der Olympischen Spiele wurde ich erwachsen. Ich war ich. Klein und schwarz und mit den Händen redend, noch immer. Aber gehärtet und sprungbereit. Ein Muskel, der nur trainiert werden wollte. Der Dampfer war versenkt mitsamt der Erinnerung an Hakennasen aus Bleisoldaten, der Duft von

Schokolade und Himbeergelee verweht, auf Chamoispapier mit imitiertem Büttenrand, die Fotografie von Treppe, Schaukelstuhl und Strohhut gelöscht.
Immer noch Wirklichkeit war der Corso, fahl, ohne Hunger nach Sättigung. Eine Entfernung. Wir waren eine Familienfabrik. Essen, Schlafen, »Komm nicht so spät«, »Du mußt dir das Haar schneiden lassen«, »Warum hast du bloß immer in Englisch eine Vier?«. Nur Hansi sprach jetzt oft mit mir, fand mich »knorke«, die Alten »verknöchert«, »bürgerlich« und »Spießer«, und als er mal auf meinem Bett hockte, legte er mir den Arm um die Schulter: »Du bist ja nun auch bald schon groß und kannst die Klappe halten. Ich melde mich heimlich, Marine. Es soll bald wieder U-Boote geben. Da bin ich raus aus dem dunklen Bau hier mit der heulenden Gitta und den schweigenden Eltern, die sich und uns doch nur anlügen. Der Alte in seinem Aktenbunker mit seinem Goldfasan-Rudi geht mir ziemlich auf den Keks. Ich hau ab, da wohne ich mit Kameraden, vielleicht in Kiel, in der Kaserne. Und Marine hat großen Schlag bei den Bienen.«
Ich spürte einen Riß. Hansi war mir nie nahe gewesen, er war Gewohnheit, wie die größeren

Schüler aus einer höheren Klasse auf dem Schulhof; ich hatte nichts mit ihnen gemein, sie waren Teil der Schule wie die Turmuhr, der Pedell und die Aula. Es war kein Verlust. Aber eine hohle Stelle im Üblichen.

Hansis heimliches U-Boot war mein heimliches Motorrad. Nicht Torpedo, sondern Zündapp. Es war auch Abschied.
Jagdfuchs hatte eines Abends die vier Besten der Sportstaffel zurückbehalten und uns hitzig gemacht vor Begehrlichkeit. Es gäbe eine Möglichkeit, auch wenn wir mit sechzehn zu jung für den Führerschein seien, uns in die Motor-HJ zu übernehmen; dann bekämen wir Motorräder geliehen und dürften auf einem Übungsgelände mit künstlichen Hügeln, S-Kurven, Kreisverkehr und Vorfahrtsstraßen »herumturnen«. Auch da würden Ehrenzeichen verteilt, und bei der SS, wenn wir älter seien, würden Motorradstaffeln formiert. Die SS sei überhaupt das Größte, nicht so ein Lumpenhaufen wie die SA, die Motoreinheiten seien »schnieke«, hätten ein Extraabzeichen, ein Rad, am rechten Ärmel der Uniform. Die SS sei ein schwarzer Geheimorden – »Ihr habt doch Latein gelernt, wie die Prätorianergarde« –,

»Schutzstaffel gegen Unmoral und Korruption – eine Elite, versteht ihr?«, und es würden nur Auserwählte zugelassen, ein Jesuitenorden der Gestählten. »Denkt nicht, daß ihr da eintreten könnt wie in irgendeinen Verein, aber ihr seid harte, ehrgeizige junge Kerle, und ich könnte für euch bürgen, ich hab eine ganz niedrige Mitgliedsnummer und bin Rottenführer, bald werde ich Scharführer.«
Wir hocken im Trainingsanzug nebeneinander auf einer Holzbank vor der Umkleidebaracke, und ich begreife: Jagdfuchs ist Tante Mary, nur erzählt er mir nicht Märchen von der Wüste Gobi, von Afrika und Zebras, sondern welche, die wahr sind. Er erzählt von Prinzen und Erbgroßherzögen und von Universitätsprofessoren – »30 Prozent aller SS-Führer sind Studierte« – und von den SS-Reitervereinen in Ostpreußen und den großen Industrieherren, deren Namen ich noch nie gehört habe, Flick oder ein Bankier Schacht oder ein Freiherr von Schröder oder ein Verleger Mohn. »Die sind alle bei uns, die sind Ehrenmitglieder, die haben unsere Uniform im Schrank, von denen kriegen wir Geld für Pferde und Motorräder und alles, was wir brauchen. Es ist die höchste Ehre für ein drahtiges Bürschchen voller

Mut wie dich, zu uns zu kommen, auf uns – wie die Barone und Grafen und Millionäre – den Eid zu leisten, wie es unser Katechismus verlangt. Auf die Frage ›Warum gehorchst du?‹ mußt du antworten: ›Aus innerster Überzeugung, aus Glaube an Deutschland, an den Führer, an die Bewegung, die Schutzstaffel und aus Treue.‹ Wenn du diesen Eid geleistet und dich bewährt hast, kriegst du eines Tages den SS-Dolch.«

Onkel Samis Torpedo-Rad trägt mich im Dämmer des sinkenden Abends durch den Schloßpark des Erbprinzen zu Waldeck und Pyrmont, entlang an den endlosen Weiden des Freiherrn von Tüngen, über die Pferdekoppeln des Prinzen von Hessen – ihnen allen werde ich ebenbürtig sein, denn sie alle gehören dazu, wie nun bald ich, Professor Dr. Eule. Ich bin wie sie, der Verleger mit den Büchern, der Bankier mit dem Geld, der Prinz mit dem Gut; sie sind die feinen Leute, und sie haben den Eid geschworen, den ich begierig bin nachzusprechen: »Warum glauben wir an Deutschland und den Führer? – Weil wir an einen Herrgott glauben, glauben wir an Deutschland, das er in seiner Welt geschaffen hat, und an den Führer Adolf Hitler, den er uns geschickt hat.«

U-Boot-Seligkeit. Hansi hatte mich ein paarmal

mit ins Kino genommen, schräg gegenüber, in das »Corso«-Kino, in zwei Kriegsfilme; in einem flog Ernst Udet in diesen Doppeldeckern, in denen Vater und Onkel Sami über Frankreich abgeschossen worden waren; der andere hieß *U 1 antwortet nicht.* Mir war in meiner Aufregung nicht klar, daß da Schauspieler etwas mimten, die Gefechte über den Wolken und den Überlebenskampf der in der kleinen Eisenröhre unter dem Meer Zusammengepreßten: Das waren die Heldentaten meiner Phantasie. Meine Zündapp war Doppeldecker und U-Boot. Denen gehorchte ich.

Jagdfuchs nicht mehr. Wir waren, zwölf Kameraden, mit den Rädern an einem Wochenende zum Fehrbellin-See zelten gefahren, ein Ausflug, zünftig mit Kochgeschirren am Lagerfeuer, belegte Brote, ein Junge aus der Sekunda spielte Gitarre, wir sangen uns müde und waren's zufrieden, als das Kommando kam: »Alle Mann in die Zelte.« Jeder hatte das seine zuvor aufgebaut, die Heringe in den Waldboden gerammt, die Leinen festgezurrt, den Schlafsack aufgerollt, einen Wimpel oben am Knopfloch der letzten Blache aufgesteckt. Als ich nachts von dem vielen Apfelsaft pinkeln mußte, schreckte ich zusammen: Jagdfuchs, nackt, kriecht aus dem Zelt des Gitarrenspielers, rennt durch das Schilf und schwimmt in den schwarzen See hinaus. Er zieht also einen vor, spricht mit dem alleine tief in der Nacht – aber wir sind doch eine Truppe, keiner sollte mehr, anders sein. Wir sind doch nicht in der Schule mit ihren Tricksereien, Mogeleien und Günstlingen. Jagdfuchs ist also auch nicht besser als der schielende Mathelehrer oder der Englischpauker mit seiner Weste. Jagdfuchs hat die Treue gebrochen. Eifersüchtig verstoße ich ihn.

In der Klasse hatte ich keinen Freund. Die ohne Uniform mieden mich, einer hatte mich mal angerempelt, »Also am Corso wohnen auch Proleten«. Die mit Uniform hatte ich hinter mir gelassen, ich trug bereits eine gezwirnte Kordel und zwei Sportabzeichen. Die Lehrer wichen mir aus; früher war ich klein und doof und schwarz gewesen – jetzt war ich zwar immer noch klein, aber schnell, immer noch schwarz, aber Kordelträger und nicht mehr doof.
Ein zweites Mal hatte sich die Deutschlehrerin zu einem Aufsatz von mir ein »Hätte ich dir gar nicht zugetraut« abgerungen: Zum Thema »Mein schönstes Ferienerlebnis« waren mir die

beiden Filme eingefallen, und darüber zu schreiben war schöner gewesen als onanieren. Was ich schon lange nicht mehr tat – es war, als belüge ich mich selber, als stehle ich mir etwas, es war wie eine klebrige Klauerei am eigenen Körper. Der sollte über die Wolken dahinjagen, er war Udets Maschinengewehr, aus dessen Lauf lange Feuerketten in den Feind hineinspritzten, und er war der ölverschmierte Torpedo, der sich in den Leib des dahintuckernden Schiffs bohrte, unter Wasser verborgen vor jedem Blick, der mich entdecken könnte. Stahl wollte ich greifen, nicht mein zu langes, dünnes, krummes Ding, und Eisen wollte ich speien, nicht diesen gelblichen Eiter. Der war Krankheit. Gesundheit, das waren die Zündapp, der Doppeldecker, das Kommando. Das mit meiner Krumme-Lanke-Banane hatte ich natürlich nicht geschrieben. Meine gestochen steile Schrift hatte ein Gebet an die Maschine formuliert; so bezeichnete es die junge Lehrerin, die »Mut-Litanei eines neuen Ordens aus der Hingabe einer jungen Seele«.

Litanei und Orden und Seele: Das war mir alles schwiemelig – die »Schwiemelige« war der Spitzname für diese verhuschte kleine Frau, die uns

gerne Texte von Ernst Wiechert und Hans Carossa nacherzählen ließ. In der Schule machte ich mich zunehmend unbeliebt, in der Sportgruppe sonderte ich mich seit der nackten Verräterei von Jagdfuchs ab. Ich schloß mich einem »Luden« an. Das Wort stammte von Hansi. »Luden« waren junge Männer seines Alters, die das Haar lang trugen, Alkohol tranken, tanzen gingen. Uniform trugen sie nicht. Eckberg war keiner von unserer Truppe, der komische Name, aschfahles Haar ohne Scheitel bis in den Nacken, die weiße Leinenjacke mit vier aufgenähten Taschen hing ihm immer bis über den Hintern; aber ein Hüne.
Vor einiger Zeit war er auf seinem Fahrrad mit Rennlenker auf unserem Übungsplatz erschienen, alle taten, als beachteten sie ihn nicht. Rasch wurde er »Trakehner« gerufen, nach den stämmigen, harten Soldatenpferden, man munkelte von Zigaretten, von Bier, von In-der-Nacht-tanzen-gehen in Bars mit Jazzmusik und von Mädchen, eben ein »Lude«. Trakehner war der Nachfolger von Onkel Sami und Jagdfuchs. Ich war tief beeindruckt von der Selbstverständlichkeit, mit der er akzeptierte, nirgendwohin zu gehören. Das war mir vertraut.
Sein Vater hatte ein Fliesenlegergeschäft an der

Grenze zu dort, wo man nicht wohnt: »Meine Mutter ist aus Polen.« Das war, als hätte er gesagt: »Meine Mutter ist Negerin.« Als Vater und Mutter am selben Abend zu mir sagten: »Das ist kein Umgang für dich« – Trakehner hatte sich ein Album mit Fotos von Kriegsschiffen von mir geliehen, die man geschenkt bekam, wenn die Süßigkeiten mehr als 30 Pfennig kosteten –, war unser Bund besiegelt. Wir waren erfinderisch bei unseren Verabredungen. In den beiden Parkanlagen in der Nähe vom Corso hefteten Spaziergänger gelegentlich mit Reißzwecken Zettel an die Bäume – »Blau-gelb gemusterter Wellensittich entflogen, hört auf den Namen Pippi. Falls gesehen, bitte melden bei Schlock« oder »Schwarzer Kater mit weißen Pfötchen entlaufen, zwei Jahre. Murkel ist der Liebling unserer Tochter. Bitte anrufen bei Lüttwitz 3308«.
Wir erfanden unsere eigenen Kassiber. Argwöhnisch wie dem Rudel entlaufene Wölfe beargwöhnten wir einander. »Du Schrumpfgermane mit deiner Judennase, diesen schwarzen Locken und Säbelbeinen – was willst du denn in dieser Halbuniform bei denen?« Er nahm mich zu seiner Rabaukenclique mit, junge Handwerker und Lehrlinge, die sich in Räuberzivil in kleinen,

verräucherten Hinterzimmern von Bierkneipen trafen und über Bücher und Vorträge diskutierten.
Abstoßendanziehend. Bücher interessierten mich nicht, lesen – das war was für Memmen und Feiglinge. Vaters Weihnachtsgeschenk vom vergangenen Jahr, *Der Kleine Katechismus Dr. Martin Luthers für den braunen Mann*, hatte ich nie aufgeschlagen. Rauchen war mir widerlich. Ein Sportler raucht nicht. Und vor der Herumquatscherei hatte mich Jagdfuchs schon gewarnt: »Unsereins diskutiert nicht mal mit der SA, das ist der Plebs. Wir schreien nicht, wir schweigen. Wir brüllen nicht auf Straßen oder in Sälen herum. Wir gehorchen. Oder befehlen.«

In ihren Rollkragenpullovern, Knickerbockern und Schiebermützen erschienen mir Trakehners Freunde wie verlotterte Zigeuner, in meiner Umgebung kleidete sich niemand in solches Zeugs – und das gefiel mir. Was nicht zum Corso paßte, zu diesen Filetdeckchen, »Klingle bitte nach dem Nachtisch« und »Das Buttermesser ist nicht geputzt«, paßte mir von vornherein. Diese hier waren mir sympathisch. Und fremd. Sie rührten mich in ihrer Bieremphase und dem mir unverständlichen Wortnebel aus Klassenkampf, Signal, Unterdrückung, Solidarität, aber sie berührten mich nicht. Als müsse ich mich einer Waffe versichern, preßte ich die Zunge an meinen querliegenden Zahn, das bitter-salzige Blut des Zahnfleischs war mein Getränk, mein Signal. Diese netten Jungs hatten den Geruch von Verlierern. Es waren Abfälle der Corso-Welt, die Krümel und Rosinen und Wurstpellen, die Gitta nach dem Frühstück mit einem kleinen silbernen Handfeger vom Tisch fegte. Ich wollte weder Krümel noch Wurstpelle sein, ich verachtete die Corso-Welt, die ich mit meinem Dolch vom Tisch fegen wollte – diese wollten ein bißchen abhaben. Ich wollte Kampf, Härte, Befehl und Sieg. Diese gutmütigen Burschen waren Duckmäuser, sie waren bereit zu parieren.

Ausgenommen Trakehner. Den mochte ich, ein Einzelgänger. Er machte, was er wollte, verspottete das dumpfe Aufmucken seiner Kumpel, verspottete mich: »Du willst doch auch bloß dazugehören, zu irgendwas und irgendwem. Du glaubst, ihr seid mit eurem Kragenspiegelfirlefanz und Staffel-Anwärter-Getue und ›Es ist eine Ehre, SS-Mann zu sein‹-Geblöke etwas Besseres. Hackenzusammenschlagen und Arschzusammenkneifen und ein silbernes Eichenblatt und ein Messerchen an der Kette – das soll was Besseres sein? Ihr spielt ›feine Leute‹. Ich war und ich bin kein feiner Leut, und ich, Sohn eines Handwerksmeisters, sage dir: So blökend sich diese Schafe hier werden scheren lassen, so purzelnd werdet ihr von euren Pferden und Motorrädern fallen. Die Sättel nämlich gehören euch nicht. Die sind geliehen. Sowenig wie meinen Biermützen-Revoluzzern hier die Fabriken gehören, vor deren geschlossenen Toren sie herumschreien. Die Sättel und die Firmen, wo sie hergestellt werden – die sind immer das Eigentum der anderen. Und das wird so bleiben. Meine Helden hier betteln um 'ne Tafel Schokolade, und du findest dich heroisch, weil du dir 'nen Riesenkarton Konfekt kaufen kannst. Gemacht werden Schokolade und Konfekt anderswo.«

Von Onkel Sami? Aber der war in Paris. Mit dem einen Bild von vielen, mit dem einen Teppich von so vielen und mit einem Fräulein in einer winzigen Wohnung. Wer machte jetzt seine Schokolade? Mir imponierte Trakehners Frechheit, er schlug ungebärdig mit den Hufen aus wie diese stämmigen, genügsamen Viecher, von denen er seinen Spitznamen hatte. So flitzte er auf seinem

Rennrad rum, so verschwand er in der Nacht, so knüllte er sein bißchen Geld ohne Portemonnaie in die Hosentasche. Mit dem Corso hatte er sowenig zu tun wie mit der Fliesenlegerwerkstatt, mit der Freiheit-Fusel-Faselei seiner Knickerbocker nichts, mit mir auch nichts und mit meiner Kameraden »Unsere Ehre ist unsere Treue«-Schneidigkeit schon gar nichts.

Wir hatten uns ziemlich lange nicht gesehen, der Trakehner und ich. Ich wußte nicht, ob unsere heimliche Baumzeitung noch funktionieren würde, die Bier-Zusammenkünfte waren eine Ewigkeit her, und ich war Rottenführer in der SS-Motorschule. Auf seinem von mir so bewunderten Weg, dessen Richtung nur er ganz allein bestimmt hatte, war Eckberg verlorengegangen, das Erwachsenwerden hatte uns auseinandergerissen, wie einst der Altersunterschied zwischen Hansi und mir uns entfremdet hatte.

Da wir nie Freunde mit irgendeinem gemeinsamen Ziel, sondern nur Gefährten in einer gemeinsamen Ablehnung gewesen waren, hatten wir beide das abschiedslose Auseinandertreiben hingenommen wie den Regen, wie die Dämmerung, wie eine Verfinsterung. Wir hatten es nicht einmal bemerkt. Trakehner war aus meinem Denken herausgefallen, ein flach über horizontloses Wasser dahinhopsender Stein in Leinenjakke und mit Langhaarmähne, ins Unsichtbare statt in eine seiner Mädchen- und Tanznächte. Ich hatte mir aus dem kühl glänzenden Gestänge von Maschinen, Fahnenmasten, Schellenbaum und Tambourstab eine metallene Festung konstruiert, staubfrei wie unsere glänzenden Stiefel, fensterlos wie Klostermauern und voll lustvoller hierarchischer Unterwerfung. Unser Mönchsgewand in seiner schwarz-bedrohlichen Feierlichkeit – inzwischen perfektioniert bis zur Galauniform mit Lackschuhen und weißer Frackweste – drückte aus, wonach ich mich immer gesehnt hatte: die Gleichheit eines Ordens und die Rangfolge von Auserwählten. Wie in der Tierwelt war bei uns der Bessere, Stärkere, Härtere kenntlich – nicht durch Gefieder, Mähne oder Tatze, sondern durch silberdurchwirkte Achselschnüre, weiße Mantelaufschläge oder den Ehrendolch, in dessen Schneide »Meine Ehre heißt Treue« eingraviert war. Es war nicht die mickrig gewachsene Ordnung einer Familie, sondern Zuchtwahl. Ob Graf von Bassewitz-Behr oder Realschüler vom Corso, ob Freiherr von der Goltz oder Sohn eines Satt-

lers: Bei uns zählte nicht der Name, sondern die Leistung, nicht die Herkunft, sondern die Zukunft, nicht das Vermögen, sondern das Vollbringen. Jeder aus eigener Kraft.
Ihr hatte auch Eckberg immer vertraut, nur ihr. Ich wollte ihn wiedersehen. Es war wie eine kleine Sehnsucht, jäh, ungestüm, ohne Plan.

»Junger, nicht zugerittener Trakehner ohne Sattel gesucht«, stand auf dem Zettel, den ich an unseren Baum heftete. Auf die Rückseite hatte ich gekritzelt: »Kannst Du übermorgen zum ›Corso‹-Kino kommen, Jugendvorstellung, 16 Uhr 30? Möchte mit Dir reden.« Im Kino war Krieg. Nicht wirklich. Denn *Wir tanzen um die Welt* war ein Revuefilm mit Carl Raddatz, Lucie Höflich und Irene von Meyendorff; aber was mich schon vorher angelockt hatte, waren die Sätze im Programmheft über die Girls, die »in eiserner Disziplin erzogen werden und, als sie älter wurden, die Welt eroberten. Fleiß, Kameradschaft, Verantwortungsfreude – das ist das Geheimnis ihres Erfolges auf allen großen Varietébühnen Europas«. Die hübschen Mädchen interessierten mich nicht, aber ihr Gleichschritt, wenn sie in Uniform zu Trompetengeschmetter wie im Gardemarsch

die Treppe stramm heruntertanzten, oder die Marschmusik, zu der sie sangen: »Tanzen und jung sein / Singen und jung sein / Lachen und jung sein / Das sind wir, das steht auf unserem Panier.« Der lustige Film schien mir eine Variante der vorher gezeigten Wochenschau: Da sah man unsere Soldaten stolz, lachend und siegreich auf ihren Kradrädern durch Polen brausen.
Es war der erste Kriegswinter, Weihnachten stand vor der Tür. Trakehner und ich gingen nach dem Kinobesuch in eine kleine Konditorei; da kaufte Gitta immer die Marzipankartoffeln und Lebkuchen für die bunten Teller zur Bescherung und die mit farbigem Zucker beklebten Schokokringel für den Weihnachtsbaum, vor dem Vater Jahr für Jahr aus einer dicken Familienbibel die Weihnachtsgeschichte vorlas: »Es begab sich aber zu der Zeit …«

»Na ja, mein kleiner Schwarzer, das Gehopse war ja ganz komisch. Aber das Eigentliche war eben doch die Wochenschau. Ich will dir sagen, wofür mein Herz schlägt: nicht für euch Zirkusreiter mit all dem Lametta und für die Goldfasane schon gar nicht. Ich gehe zur Wehrmacht. Habe gerade meinen 18. Geburtstag hinter mir – ich melde mich freiwillig zur Luftwaffe. Das mit der Legion Condor in Spanien, das fand ich knorke, oder jetzt unsere Stukas. Da sitzt du nicht auf deiner BMW-Kaffeemühle und reitest durch irgendein Schlammloch. Da bist du ganz alleine in deiner Maschine, sie gehorcht nur dir, hoch oben am Himmel, und niemand gibt dir irgendwelche Befehle, kein beschissener Politiker-Arsch.«

Vor uns zwischen den Tellern mit zimtigem Apfelkuchen voll Rosinen flackern zwei dünne Kerzen in roten Holzsternchen, der Trakehner kokelt mit einem kleinen Tannenzweig, die schon trokkenen Nadeln knallen und flackern einen Moment, es duftet nach Weihnachten, und es riecht nach Brand, und die Tasse Schokolade schmeckt viel zu süß.

»Holder Knabe im lockigen Haar ohne Lockenhaar« – ich ärgere mich über einen Moment lauweicher Stimmung –, »du siehst ja ganz schön ausgemergelt aus, steht dir aber, auch das mit den kurzen Haaren. Ich weiß gar nicht, was du mit den Politiker-Befehlen meinst. Ich kenne keine Politiker, ich interessiere mich nicht für Politik; manche bei uns besuchen so Schulungsabende, wir Motorradfahrer gehen da nicht hin. Erst kürzlich hat es zu Hause Krach gegeben. Nicht mit meinem Vater, der schweigt, wenn er sich Radioansprachen anhört – wenn er seine Aktentasche zuschnappen läßt, hat er die Haltung, als schlage er die Hacken zusammen –, aber mit diesem zackig-lauernden Rudi, der hatte neulich abend den Knopf auf volle Lautstärke gedreht, als wohne er schon bei uns, als sei es sein Apparat, und dazwischen hatte er irgendeinen Quatsch gefaselt von ›Einer für alle, alle für einen‹ und ›Opfergang‹, und der mich belehren wollte, als gäbe er mir ein Aufsatzthema auf: ›Was der Führer befiehlt, dem folgen wir, kapierst du das endlich.‹ Ich hab den einmal sprechen hören, bei den Olympischen Spielen, aber ich hab gar nicht hingehört, es war so ein überwältigendes Gefühl, wir, diese geordnete Masse, die Fahnen, der Gleichschritt, die Musik, die Flamme. Nicht einer von uns war nur einer allein. Tausende waren ein Körper. Ein Körper redet nicht. Ein Körper hat Muskeln, Sehnen, Nerven, Knochen. Ein Körper kann laufen, klettern, werfen, schießen auch. Ein Körper ist ohne Politik.«

»Nett, aber doof, das warst du immer, du hünenhafter Recke mit dem Blondhaar, das leider schwarz ist, verstrubbelt, und deinem Ritterschwert, das ein bißchen zu kurz geraten ist wie der ganze Clown. Ein Körper hat ja auch Ohren und manchmal sogar einen Muskel, den man Gehirn nennt. Erzähl mir keinen Quark, daß du nicht wüßtest, was die braunen Politiker reden und tun und was für düstere Gespenster ihr schwarzen Ritter vom Totenkopforden seid. Eure aufgedonnerte Schattenarmee. Ich will in die, wo es richtig donnert, die Wehrmacht ist das einzig Wahre, die braucht nicht euer ›Deutschland-erwache‹-Gegröle, sie wacht für Deutschland.«

Die dünnen Stearinlichter brennen in die rotgezackten Kerzenhalter hinein, verbrennen den vergoldeten Rand zu stinkenden, schwarz-rissigen Lippen, und aus einer der großen Silberkugeln neben dem zuckergußverklebten Apfelkuchenteller blickt mich an: die Eule mit dem Riesenzinken, mit den abstehenden Wedelohren ohne Stirn und ohne Kinn. Der mich da anstarrt aus der spiegelnden Weltkugel mit ihren Kontinenten und Meeren aus gekleckertem Wachs gleicht den Orient-Fotos aus Bilderbüchern der Kinderzeit. In den nach links und rechts sich vergrößernden schwarzen Augendatteln nistet, was ich nie habe benennen können, Angst, List, Heuchelei, bettelnder Hochmut oder Feilschen ohne Partner.

Als die Spiegelkugel auf dem Steinfußboden zerklirrt, bestellen wir zwei Asbach Uralt, und mit seinem »Immerhin waren wir im Kino, da hast du früher doch auch gesündigt« schiebt Eckberg mir eine oval-flache Muratti-Extra zu. Erwachsenwerden ist nicht mehr Spiel. Und um zu beweisen, daß wir Freunde sind, trinke ich den Weinbrand und rauche die Zigarette.

Es blieb die letzte gemeinsame Sünde. Aus des Trakehners wildem Wolkengalopp ist ein funkelndes Zischen durchs Inferno geworden, nicht einmal das Häuflein schwarze Asche hat man je gefunden. Von Hansi kam ein neckisch posierendes Foto mit Krakelaufschrift »Denn wir fahren gegen Engelland«, die überraschend kleine Schiffsröhre im Hintergrund. Und zu mir kam ein herrlicher kurzer Brief, Gestellungsbefehl, Paris.

Wir haben Frankreich besiegt. Der kleine graue Stoffmund des Volksempfängers konnte gar nicht auszittern vom Jubelgedröhn und dem Franz-Liszt-Klang der Sondermeldungen. Selbst Zarah Leander mit ihrem betörenden *Wer wird denn aus Liebe weinen* kam nicht gegen die Wochenschau-Triumphe an, gegen die Bilder vom Waffenstillstand im Salonwagen von Compiègne. Und ich – ich sollte dabeisein, wir waren auserwählt für die Triumphfahrt über die Prachtstraße von Paris.
Eine mulmige Gier auf die Stadt, die ich nicht gemocht hatte, damals, erfüllte mich, ein Abscheu vor der Erinnerung, die dennoch hinter meinen Augen hing. Sie roch nach Schokolade. Den zweiten Abend nach der Ankunft machte ich mich auf den Weg, knatterte planlos durch unbekannte Straßen, deren graue Eleganz auf mir lastete. Das Leben der Stadt schien zu pulsieren, Cafés, Kinos, keine Verdunklung, dieser weit ausschwingende

Platz mit dem Obelisk, um den unsere Armeelaster kreisten, dann rasten sie entlang der Seine; dennoch hatte alles etwas Verhuschtes, hatte das verwackelte Tempo vieler Filmberichte unserer PK-Berichterstatter von den Fronten, geschminkte Frauen drehten ihre Gesichter weg, einige rauchten kokett mit Landsern am Straßenrand, die meisten Menschen aber in geduckter Eile, die zugleich schleppend und ohne Ziel wirkte.
An diesem Abend hatte man die gesamte SS-Einheit zu einem bunten Abend in ein großes Cabaret – wohl eine Mischung aus Theater und Restaurant – eingeladen, dort sollte ein berühmter Sänger, Maurice Chevalier, für uns singen. Ich besorgte mir einen Befehl, geheime Unterlagen in das Hotel bringen zu müssen, das die Gestapo als Hauptquartier beschlagnahmt hatte. Das gab mir unkontrollierte Zeit.

Wo ist der Parc Monceau? Mein Stadtplan ist sehr ungenau, in der Dämmerung fingere ich mit der Stabtaschenlampe über ihn hin. Jeder, den ich radebrechend zu fragen suche, weicht mir aus, manche laufen weg, sobald ich vom Krad steige, und wenn ich jemanden stelle, zuckt er mit den Achseln. Eine Wehrmachtspatrouille belüge ich

mit der Frage nach dem Hotel Lutétia, obwohl ich den großen Boulevard Raspail sehr wohl auf der Karte ausgemacht habe. Es ist schon dunkel, als ich vor dem Haus stehe. Ist das dieselbe kleine bucklige Alte von damals, die stein-erstarrt mir die Haustür öffnet? Die beschwörend, »Non, non«, die Hände hebt auf meine Frage nach Dr. Steinkraut. Die in ihren Pantoffeln mir vorausschlurft, die Treppen hinauf, die Wohnungstür aufschließt? Die mit diesen wedelnden Händen Wörter in die Luft schreibt, bellend ein deutsches Kommando »Schnell, schnell« äfft, die Bewegung einer Lokomotive nachmacht – »Marseille« verstehe ich.
Die Wohnung ist verlassen. Eine zornig-nachlässig abgebrochene Schachpartie, der umgestürzte König aus rotem Saffian, leere Staubrahmen an der Wand, ein überdrüssig nicht gepackter Koffer, die Lichtschalter tot, hinter dem großen Fenster bösartig nickendes Gezweig, hinter mir die lauernde Zwergin, der weiße Finger meiner Taschenlampe stöbert in einem Pyjama, gleitet über die umgestürzte Weinkaraffe, greift sich den weißen Hut über einer Leinenjacke.

Im Hotel Lutétia ist alles Strahlen, Glanz, Flimmer. Betreßt Dienernde schwingen die Drehtür, dahinter befrackt Beflissene mit liebedienerischen Handbewegungen. Gleich links neben dem Eingang die Halle mit Kandelabern, Blumenarrangements, Skulpturen, die schwarzen Uniformen mit den Silberinsignien wirken feierlich auf all dem roten Samt.

Mit der heimtückischen Erbötigkeit von Giftmischern kredenzen die Kellner Champagner, »Schampus, Schampus«, das ist der Ruf der fröhlichen Sieger, meiner Kameraden. Ein paar von ihnen brüsten sich mit Brocken der Landessprache. Ich trinke das leicht bitter-parfümiert schmeckende Zeug in dieser Halle eines Ozeanriesen. Der Dampfer. Mit kristallenen Lüstern und Bronzebüsten. Von weiter hinten, aus dem durch ein Gitter abgeteilten Barraum, ertönt Musik. Tante Mary singt auf englisch »Als die goldne Abendsonne sandte ihren letzten Schein«, durch das Rankenmuster des Schmiedeeisens schimmern ihre lackierten Fußnägel auf dem Klavierpedal. Schokoladensamijudenonkelohnehut. Du bist der einzige Mensch, den ich geliebt habe. Wo sind die Saffianpantoffeln, wo ist der Bleigießsmoking mit dem Eisernen Kreuz aus Frankreichs Himmel? Wo ist die Berlockenweste? Wo ist Onkel Sami?

*Der Entenschnatterteich wird mit Strohhalm kredenzt ich trinke den Teich und höre den geharkten roten Samt knirschen durch das Geräusch klingt die Kommandostimme eines Standartenführers ich habe dich anders gedacht Äffchen durch den Parkettboden gleitet ein Scherenfernrohr dahinter taucht Hansi auf er trägt eine Mütze mit dem Schriftband »Kapitänleutnant Günther Prien« er salutiert »Britisches Schlachtschiff ›Royal Oak‹ versenkt« das Lutétia mein Dampfer versinkt auf dem bitter-parfümierten Quirlschaum schaukelt ein roter Saffianpantoffel.*

Über Marseille waberte weißer Nebelregen, der die Stadt noch unwirklicher machte. Wir waren erst vor vierzehn Tagen in Südfrankreich eingerückt, unsere Kommandostruktur funktionierte noch nicht, es war wie Feindesland, unerobert. Ein drieseliger Novemberabend. Die engen Hafengassen dehnten sich unter dem Tritt unserer Stiefel zu langen Hallschluchten. Fahle Leere ringsum. Wir vier Kameraden tranken uns voran. Gegen meine Gewohnheit trank ich mit, dieses bittere, leicht nach Anis schmeckende gelbe Zeug, das ich in Paris schon probiert hatte. Wir froren uns in eine klamme Trotzwut hinein. Standarten-

führer Bärwald, vor kurzem zum SS-Oberführer befördert, ein nicht ungebildeter Annoncen-Akquisiteur aus Westfalen, kramte ein leicht lallendes Französisch hervor: »Ich hab jetzt 'ne Idee.« Jäh war der Nebelvorhang rot-verschlissener Plüsch, das brackige Hafenwasser ein in schiefen Scharnieren hängender Spiegel und die Eisenstühlchen der Pernod-Kneipen puderquastenähnliche dreibeinige Fellsesselchen: Bordell.
Mir war elend und flau. Ich schlief nicht mit Frauen, ich wollte nicht mit einer Frau schlafen, mich ekelte die Vorstellung sinnloser weicher Verschwendung. »Deutsche SS-Offiziere bei französischen Huren. Ich werde Bärwald anzeigen.« Doch wir hatten bereits zuviel getrunken, inzwischen etwas Grünlich-Klebrig-Süßliches, das widerlich nach Pfefferminz schmeckte. »Meine Mutter, das ist meine Mutter«, platzte es in mein Hirn, als ich, über Bärwalds Koppel stolpernd, neben einer nicht mehr jungen Brünetten auf einem gelbgrün geblümten Sofa landete. Dunkelbrauner Lockenschopf, ganz schmal in einem glänzenden Kleid, auf billige Weise an Mutters meergrüne Seide erinnernd. Über der Lehne des Sofas hing die Jacke mit den neuen Kragenspiegeln des frischgebackenen Oberführers, auf

schwarzem Grund zwei Eichenblätter mit vier Eicheln. In silberner, angstvoller Laszivität rieb das Weib das Hoheitsabzeichen zwischen ihren Brüsten, zeigte mit grün lackierten Fingernägeln auf die Eicheln. Ich trat nach der Uniformjacke, während zugleich auf anwidernde Weise mein Schwanz steif wurde, traf die Frau, beugte mich vor, um mich zu entschuldigen, aber sie war weg.

Kotzen, Heulen, Wichsen, Schießen. Ich hockte im Winkel des geklappten Spiegels, in dessen fleckigen Scheiben ich eine nackte Hure auf Bärwald reiten sah, seine elegante Mütze im Haar, der Totenkopf blitzte, als speie er weißes Feuer aus den blinden Augen. Der fremde Hauptscharführer, der erst mittags zu uns gestoßen war, lag rücklings neben seiner grauen Wollunterhose, die wie zum Beritt geblähten schwarzen Breeches steckten noch in den schwarzen Schaftstiefeln, er hatte die halbaufgeknöpfte Uniformjacke anbehalten, aber in der Hast die Signalkordel abgerissen, die sich mit dem Gehänge des Ehrendolchs und seinem Gestänge verheddert hatte, eine Wolke roten Haars stiebte zwischen seinen dicht schwarz behaarten Oberschenkeln auf und ab, und eine beringte Hand schob im Rhythmus Ehrendolch, geflochtene Kordel und den dazwischen mit tieflila Eichel springenden Schwanz zurecht. Der Ekelreiz hielt mich im Bann. Ich hatte mich im Griff wie meine schwere BMW in der Pariser Sommernacht, als ich den schwarzen Fluß entlang zum Hotel Lutétia gejagt war, die gleiche Emphase, nur im Gedärm, rasend durch hexisch geschminkte Kotkanäle. Das harte Motorrad, ich suchte ohne Grund die Mutter-Frau, fuhr treppab, treppauf, da gab es keine Spiegel mehr noch Plüsch noch Frauen noch Rothaar im Rhythmus. Da stand ich in einem dunklen Dachboden vor dunklen Gestalten; ein Trunkkrug, vergessen in der gleichen Sekunde, da mich mein Motorrad die Treppe hinuntergaloppierte auf den grellfarbenen Exerzierplatz voll Fleisch und Haar und Bein und Tuch und Sudel. Die Motorräder bremsten mit kreischender Kehle. Es waren wohl sechs. Als sei er dankbar für neugeschenktes Licht, gab der blinde Spiegel das metallische Blitzen des bekannten Nickelschilds wieder: »SS-STREIFENDIENST«. Handfest obszön, polizeilich kumpelhaft, dröhnend neidisch zwischen »Saukerle«, »Ihr habt wohl schon abgeschossen« und »Flinte putzen« wurde mit lachenden Fußtritten – »Euer Vorspiel hattet ihr, auch noch französisch, euer Nachspiel kommt, aber deutsch« – Strafe für die halbnackt Verschmierten gebrüllt, doch eher lässig. »Los, wo sind sie, zeigt sie uns, Hurenpack« – eine im zerrissenen Schmuddelhemd, eine ohne Absatz am Schuh und ohne Strümpfe, eine mit der roten Perücke vor ihr Dreieck gepreßt: Während meine Kameraden ihre Unterhosen hochzogen, die Jakken zuknöpften, die zerbeulten Mützen zurechtbogen und die Waffen einhakten, ging »Mutter«, korrekt im billigen Taftkleid, schwarzen Strümpfen und den Pumps vom Corso, blaßrosa Puderwolken hinter sich stäubend, stumm aus dem Zimmer, zog die Seidenschuhe aus, die Motorradtreppe zum Lutétia hinauf.

Sie war als erste tot. Es sah hübsch aus, das kleine rote Loch zwischen den Schulterblättern, sie hatte Mutters funkelnden Granatanhänger verkehrt herum angelegt. Die Schwänze waren jetzt Waffen. Wir hatten jeder so ein Ding in der Hand, Pistolen, zwei Karabiner, eine Maschinenpistole. »Die verdammten Judenhurenschweine, diese Franzosenhuren haben hier ihre Judenschweine versteckt.« Aus dem Zimmer oben am Ende der Treppe quoll ein Stoffstrom, schreiende Ballen aus brauner Wolle, Hände so dürr, Augen so blekkend-tot wie auf der Mütze der fickenden Dirne. Und wir schossen, und wir schossen, und wir schossen. Blanke Stiefel im Blutmatsch zwischen splitternden Knochen. Ich hatte erst zwei Schüsse abgegeben. Vier Patronen waren noch im Magazin. Ich stand in dem verglitschten Puffzimmer, den linken Fuß verheddert in einem zerrissenen Schlüpfer, der sich um Bärwalds Kordel geschlungen hatte. Auf den Spiegel zu kroch ein Alter mit zertretenem Bein, wie ein geblähter Frottémantel umschlotterte ihn ein in Schmutzschlieren grau-rot gestreifter, aufgeschlitzter Jutesack, aus dem dichte, schweißnasse weißlich-rötliche Brustwolle hervorquoll, er hatte unmäßig buschige weiße Augenbrauen, aus denen Blut troff, es rann über Nase und Wangen und malte eine grinsende Maske gastgebender Freundlichkeit in sein Gesicht. Er bekam alle vier Kugeln.

Sie kamen in der Nacht. Wir schliefen im halbzerschossenen Telegrafenamt, einem Notquartier, ohne Posten. Kein Geräusch. Mich weckte ein fettes Schmatzen in den Matratzen rechts und links neben mir. Das Blut schoß aus den durchschnittenen Kehlen von Bärwald und dem Neuen. Als ich hochfuhr, gewahrte ich vier Schatten, ein dünner,

scharfer Schmerz, als kratze die Nadel über eine Schallplatte, nähte sich in meinen Kopf. Die Schatten versanken mit den Kameraden und mir in der Schwärze.
»Es war zu spät«, sagte der Mann im weißen Kittel, unter dem der schwarze Kragenspiegel mit silbernem Äskulapstab und römischem X zu sehen war, »zu großer Blutverlust, die Banditen haben Ihnen, Sturmbannführer, den linken Arm wie mit einer Steppmaschine abgetrennt. Wir mußten amputieren. In einer Woche fliegen Sie in die Heimat. Heil Hitler und viel Glück.«

Sie hieß Kerstin Nehs. Und sie begrüßte mich mit einem derben »Up de grode Reis hebben sie dich ja noch nich geschickt«. Hiddensee. Noch einmal Hiddensee. Man hatte mich einem dreiwöchigen Genesungsurlaub zugeteilt, die Wunde suppte, »Salzwasser und Herbstwind«, so hieß die Verordnung. Doch mir schien bereits beim Einschiffen in Stralsund – die rostige »Swanti« wirkte so viel kleiner und schäbiger als das Schiff vor Jahren –, als grüßten die roten Backsteinhäuser am Hafen mit ihren leicht schiefen Giebeln, schräg aufgesetzte Schirmmützen, höhnisch: eine träge, undisziplinierte Lockerheit.

Kaum waren die Taue gelöst, wußte ich nicht: Ächzten die Planken des alten Kahns oder die Kameraden in ihren grauweißrot verschmierten Verbänden, eine abgewrackte Mannschaft lädierter Piraten, lächerlich aussehend mit ihren Turbanen aus Mull, dunklen Brillen oder leer flatternden Hosenbeinen. Eine Ladung Menschenschrott.

Hoch oben in der Takelage spielte eine Möwe, sie segelte im Fahrtwind, ohne die Flügel zu bewegen, dann setzte sie sich in schräg flatterndem Anflug auf eine Mastspitze, erjagte Brotbrocken, die wir hochwarfen – das heiser krächzende Biest, den spitzgeschnäbelten Kopf mit den Knopfaugen ruckartig nach rechts und links werfend. Widerlich. Wir hatten ausgespielt. Ich habe überhaupt nie gespielt. Schon als Kind waren es Übungen – ob ich den kleinen Panzer mit Ketten aus geriffeltem schwarzem Gummi in Stellung brachte, Sanitäter hinter der Front gruppierte oder die langrohrige Flakkanone ihre Granaten aus weißem Hartgummi kleine Dellen in den Pappmachébunker schlagen ließ. Vater hatte Eintritt bezahlt, zwei, manchmal gar vier grüne oder rosa Bonbons, wenn er die Parade bei mir im Kinderzimmer abnahm. Der Segler da oben in seinem leicht geblähten Weiß, so ganz ohne Blut und Eiter, war schwebender Spott aus unberührtem Flaum. Auf den Reusen, an denen wir in der engen Fahrrinne vorüberglitten, hockten wie in Reih und Glied große schwarze Vögel; sie lauerten auf Beute, das gefiel mir besser. Trauerenten, lernte ich später.

Später war jetzt und früher in einem. Die Insel für Feriengäste gesperrt, die Vogelwarte Lazarett, der waldige Weg zum »Klausner« am Hochufer, wo man für uns Verwundete Sanddornkuchen backte, mit Betonschwellen ausgelegt, weil hinter dem Leuchtturm in Richtung »Toter Kerl« Marineartillerie Bunker gebaut hatte. Die Wunde schmerzte scheußlich, es schrappte, wenn ich über diese falschen Balken ging.
Gehen durften wir. Gleich beim ersten Morgenappell hatte der Oberarzt in Majorsuniform verkündet: »Hiddensee gehört euch, ihr habt es euch an allen Fronten erobert, Essenszeiten sind einzuhalten, Bettruhe ab 22 Uhr. Der August ist schön hier – heilt euch aus. Pro Bude vier Mann, eine Schwester pro Bude.« »Durchzügler« nannte Kerstin uns, »das sind die Vögel, die nicht auf der Insel bleiben«. Sie trug das Haar offen, aber

Schwesterntracht, gab jedem die Hand, ohne zögernden Umstand nahm sie meine linke, und als ich sie nach dem kleinen Anhänger fragte, den sie an einem dünnen Goldkettchen trug, antwortete sie in der Mischung aus Verweis und Märchenton dieses norddeutschen Platt, das sei ein billiger Abguß des berühmten Hiddenseer Goldschmucks; im Jahre 1000 sei der nordische König Olaf nach verlorener Seeschlacht in voller Rüstung ins Meer gesprungen: ein Eulenkopf zwischen zwei Drachenleibern mit zweizehigen Klauen. Meinen Eulenschreck wertete sie als Ungelenkheit des Einarmigen, weswegen sie dem groben Trost über die verpaßte »grode Reis« noch hinzufügte: »Zweizehige Klauen haben Sie ja nu nich.« Sie versprach, mir in den nächsten Tagen die Insel zu zeigen, es sei ablandiger Wind, und da könne man im flachen Boddenwasser den Blankaal sehen.

Kerstin war eine Tante Mary in Aschblond, ihre zu großen Füße sappten durch die Wiesen, sie hatte mich in einem wackligen Wägelchen abgeholt, das ein ebenso aschblondes kleines Pferd zog. Autos hatten nur die Kameraden von der Marine. Aus Tante Marys buntem Negerland, ihren Zebras und Känguruhs wurden Magerrasen, Wiesenpippau, Knöllchensteinbrech und Sandregenpfeifer: Märchen, ferngerückter als die Wüsten meiner Kinderbilderbücher. Wenn sie sprach, war es exotischer als Tante Marys englischer Gesang. »Ich war einmal in der Fremde«, sagte sie, als sie mir von Kiel erzählen wollte. Kerstin kannte keine Umschweife, Ziererei schon gar nicht. »In der Einsiedelei Mathilde gibt's noch echten Bohnenkaffee, das ist südlich von Vitte, da fahren wir jetzt hin« oder »Morgen habe ich frei, da fahren wir in die Dünen weit hinter Vitte, Richtung Neuendorf, da gibt es Steinwälzer, die zeige ich dir. Das sind kleine graue Vögel, die Steine mit ihren Schnäbeln umdrehen«.

In mir bäumt sich Widerstand. Diese Insel ist ohne Ehrgeiz, ohne Kampf, sie ist nur so, einfach da. Sie bietet sich an. Sie will sich nichts beweisen. Sie will nicht siegen, sie kann nicht besiegt werden. Ist »Insel« deshalb weiblich? Ist deshalb diese Kerstin so sehr diese Insel – herb, karg, brach? Ein kühler Mondschein.
Sie zieht sich aus. Eine Frau, die sich schlicht auszieht, so, als wolle sie sich unter der Pumpe waschen. Sie ist ein glänziger Stein, entblößt von der Windfächelwelle. Wir liegen in einer Dünenkuhle, ringsum die lila Kissen der Heide, und sie lacht

in diesem rügenden Ton, »Wie eine Schwarznessel siehst du aus«. Sie nimmt mich, ein Mann mit Brüsten und energischen Schenkeln und so gelassener Kraft, wie ich sie einst meinem Motorrad aufgezwungen hatte, das Tempo bestimmend, die Kurven, die Höhe und den Fall. Es wird die Nacht, da mir mein Arm abgenäht wurde – in lachender Sonne, fischblank, kaltheiß, Schwarznesselkönigskerze.

Widerlich erregt rase ich durchs schneidende Dünengras, Geräusch gedengelter Sensen, das kalte Salzwasser reinigt entzündete Haut, die Schändung in der Gischt gekühlt, kleine, scharfe Brecher rasieren schmutzige Lust, dünne, nasse Sandpeitschen zischen ihre Strafe, Brachvogel in der Brache. Ich gemetzelter Mörder versinke im Sund. Fischfrau hat mir Leids getan.

Berlin war ein Skelett. Die Wohnung grau. Sie hatte rächende Asche auf ihre Bewohner gestreut. Der leere rechte Ärmel meiner Uniformjacke wurde übersehen, eine Peinlichkeit. Vaters Ordnung war eine in sich zusammengesunkene Staffage, in der er als schlackernde Vogelscheuche in seinen zu weit gewordenen, abgetragenen Anzügen die Schubladen nach Zigaretten durchwühlte, gefangen in einem steintrockenen Mäander aus bockigem Groll und Selbstmitleid. Meine Kiste Zigarren und die Flasche Cognac blieben auf dem Couchtisch mit der zersprungenen Glasplatte stehen – der ungezogene Sohn.

So behandelte Mutter mich, eine nonnenhafte Greisin von 56 Jahren, das weiße Haar noch immer in korrekten Wellen über leeren Fischaugen, die ohne Lidschlag an mir vorbeischauten. Sie trug ihre einst eleganten Hauskleider, die am Kragen zerfranst waren und an den Ärmeln fettig von einem mit feuchtem Schwämmchen aufge-

tragenen Puder, der Gesicht und Hände lächerlich braun färbte und, da er in unregelmäßigen Blasen abplatzte, sie mit falschen Sommersprossen übersäte. Mutter hatte Hansis Tod abgewiesen, das Foto, auf dem er in Kapitänleutnantsuniform mit elf Kameraden vor seinem U-Boot paradiert, signiert in seiner Schülerhandschrift, »Denn wir fahren gegen Engelland«, stand vor einer kleinen geöffneten Schatulle, auf deren dunkelblauem Samt das Ritterkreuz lag; das war ihm verliehen worden, nachdem der stählerne Sarg in den Atlantik gebombt worden war.
Mutters einst zierliche Liebenswürdigkeit war zu einer fratzenhaften Abwesenheit erstarrt, eine rissig gewordene Porzellanfigur. Ich konnte nicht herausfinden, ob die kalkfahl abgestorbene Sprache theatralische Gebärde oder beinerner Trotz war. »Er ist ja noch ein jünender Mann«, sagte sie über Hansi oder zu mir: »Wie ist das Weder im Süden de France, kontest du spaschieren gehen im Tägsturm wo die Böhmen mit ihren Würscheln umfielen?« Vater ignorierte ihre abgesunkene Wirrnis, auch daß sie ihn Rudi rief oder mit »Partei gibt keine Zigaretten« seine rastlose Schubfachtour kommentierte. Von Gitta erfuhr ich, daß Rudi Vaters Kanzlei übernommen hatte, dann

verhaftet worden war, irgendwelche »belastenden Briefe Ihres Vaters – hier waren auch Herren von der Partei«. Hansi war schon vor zwei Jahren gefallen. »Er war auch nie auf Urlaub wie Sie, Herr Achim, aber wir haben Vor-Alarm, ich wollte Suppe kochen, wir haben noch Tomaten und etwas Hack und Mondaminpudding mit Rosinen. Sind Sie jetzt eigentlich Offizier bei der SS? Mal sehen, ob die Zeit noch reicht in der Küche.«
Die Sirenen waren herrlich. Klar, metallen, in die Ohren schneidend. Sie zerrissen die Spinnweben über dem Moesgaard-Haushalt, in dem der tüchtige Brummer Gitta neben der toten Mutterfliege und dem ausgetrockneten Käfer gefangen hing. Die Sirenen waren Leben, »Sirene« müßte männlich sein. Die bleichen Riesenfinger der Scheinwerfer kämmten den Himmel.

Ich war vor das Haus getreten und bemerkte erst jetzt, daß man den Blick frei hatte bis zu den Flughafengebäuden, die ein künstlicher Nebel allmählich einhüllte – das »Corso«-Kino, die Apotheke, der Cervelatwurstladen: alles weg, ohne Reste, bis auf das kleinste Mäuerchen verschwunden; nur ein gerippter Heizkörper stemmte sich in dem Rohrgestänge einer ehemals dritten oder vierten Etage gegen den Horizont. »Du hast's ja dann wohl hinter dir, Kamerad, war ja auch genug.« Die Militärstreife fragte nicht mal nach dem Urlaubsschein, den ich automatisch hervorzunesteln suchte. »Laß man, hier ist eine«, der eine steckte mir eine Zigarette zwischen die Lippen. »Trotzdem, Sturmbannführer, muß ich Sie bitten, jetzt ins Haus zu gehen. Es sind 56 Bomber aus dem Raum Hannover-Braunschweig im Anflug, es wird munter heut nacht, mach's gut, Kamerad.«

Die Elektrizität ist ausgefallen. Etwas mühsam gehe ich die Treppen hinauf, aus den Wohnungen kommen mir Menschen mit Decken, Pappkoffern, umgehängten Stoffbeuteln entgegen; die einstigen Kohlenkeller für den Zentralheizungskoks waren Luftschutzkeller mit Pritschen, Bänken und ein paar alten Liegestühlen von den Balkons. Die Wohnung zittert und schwankt von den ersten Detonationen. »Sie haben's diesmal auf den Flugplatz abgesehen«, sagt Vater, der vom Erkerfenster aus auf den sich blähenden riesigen Wattebausch blickt. Gitta kommt mit einem Tablett, auf dem drei tropfende Kerzen flackern, sie trägt ihre karierten Filzpantoffeln mit Spangen, eine dicke lange Strickjacke mit großen Holzknöpfen und in der rechten Hand einen Aluminiumtopf im Einkaufsnetz, »Ich nehm uns mal die Suppe mit runter«. Mutter finde ich in ihrem Ankleidezimmer, es ist streifig angebleckt von den weißen Totenfingern, als wollten die nun ihr Haar kämmen. Über das verwahrloste Hauskleid hat sie einen schwarz gelockten Persianermantel gezogen, darüber ihren beißenden Fuchs – »Eine elegante SS-Frau«, fährt es mir durch den Kopf –, sie klemmt eine Schreibmappe aus Lederimitation unter den linken Arm, und plötzlich sehe ich das lange Bratenmesser, es funkelt in dem grotesk-niedlichen Geglitzer der »Weihnachtsbäume«, das durch die große Balkontür hereinflirrt, so nennt der Volksmund die von den Flugzeugen abgeworfenen Trauben der Blendpatronen. Die Vorboten der Bomben.

Mutters Bewegungen scheinen dadurch zu zukken. Dabei steht sie regungslos, ein schmaler schwarzer Weihnachtsengel mit weißer Krone, das Opfertier um die Schultern. Sie schneidet das Kissen des kleinen grünrosa Sofas neben der Tür zu ihrem Schlafzimmer auf, als schlachte sie das Lamm, sie zieht aus den Eingeweiden eine Kette mit schwarzen und weißen Perlen – und den

Ring. Meinen Ring. »Schwarze und weiße Tränen«, ihre Stimme klingt trocken aufplatzend wie der Puder in ihrem Gesicht, »alle Tränen helfen nicht. Gehen wir zur Fiesta, was trinken.«

Der Keller ist ein Lager aus Stoff, Augen, Kinderärmchen in zu kurzen Pullovern, hier und da ein Fausthandschuh, über den wie Samen das Stearin der immer wieder verflackernden Kerzen rinnt. Um mich herum ein Hof aus Angst. Für die habe ich meinen Arm verloren? Gitta hockt breitbeinig auf einem Klappstuhl, Vater entdecke ich nicht, er scheint im nächsten Kellerraum zu sein. Mutter steht neben der kauernden Gitta an der unverputzten Kellerwand. Eine drapierte SS-Hafenhure. Den jäh einschlagenden Erinnerungsblitz zerschmettert jäh einschlagender Donner. Die Detonationen kommen immer näher. »80-Pfünder oder mehr«, Vaters Stimme, kreidig durch rieselnden Kalk, ist aktenkundig. Das Pinschergebell der Flugabwehr tönt arglos, köterhaft wie unter den Pflaumenbäumen eines Schrebergartens hervor. Die großen Hunde bellen am Himmel. Ihr rasender Biß hat die Gewalt der Vulkane, die Feuer und Eisen und Stein speien.
Als der Vulkan schweigt, hört man durch die

schwarze Stille Gittas Stimme: »Das war das Nachbarhaus. Die nächsten sind wir.« Ein Luftschutzwart in seiner dämlichen Halbuniform, mit Eimerchen und Scheuerlappenpatsche in der Hand, wagt es, mir zu befehlen: »Raus, Kamerad, Sie kommen mit, da sind Verwundete.« Draußen festliches Schweigen. Hoch oben am Firmament krabbeln im Fadenkreuz der Scheinwerfer die Insekten aus Mutters Bernsteinkette, unbeirrt. Kein Nachbarhaus, nur eine Feuerwand. Kein Schrei. Kein Mensch. Das Seufzen eines zusammensinkenden Tieres. Die Flammen malen lustige Kringel in die Gesichter der paar Männer, wie damals uns mit Jagdfuchs vor dem Lagerfeuer.

Das riesige Insektenei kann ich noch mit den Augen verfolgen, sein rasendes Pfeifen höre ich erst Sekunden später. Die Bernsteinlibelle hat Gittas Kommando befolgt. Unser Haus ist eine Taifunwolke aus Schrei. Zwei Balken neben einer Koksschütte haben gehalten. Bäuchlings mit meinem Dolch in der linken Faust kann ich mich in des gescheitelten Hansis Pott zwängen, der im weiß gischtenden Schaum kochenden Wassers untergeht. Ich klammere mich mit beiden Beinen um die Reste einer verbogenen Stahltür. Mein Torpedo-Rad schießt durch den kochenden Sud aus Balken Armen Türrahmen in denen Gekreuzigte hängen unsre Menschen flattern uns voran denn die Fetzen sind mehr als der Tod Entenschnatterteich mit Ring ein Geysir Kopf ohne Körper gesäbelt von der Bronze-Pfau-Schwinge Vater ich gelobe dir Gehorsam das Blut im Mund Pernodbitter die Talmihure im gekochten Pelz ist um einen Pfeiler geschlungen es ist eine Ehre SS-Mann zu sein sie lebt ja und Deutschland wird wieder groß werden sie hat ein Stück gesottene Pappe in der Hand reckt sie über den siedenden roten Kiesweg an der Pappe kleben wir die zerkochte Fotografie wir werden weitermarschieren bis alles in Scherben fällt die Scherben der gebrühte Kalkbrei füllen ihren Mund der gurgelt »Sami ist dein Vater rette dich zu ihm Marseille« alle vier Kugeln wenn alle untreu werden so bleiben wir doch treu.